U0482640

读透老舍有方法

贾行家 / 著

天地出版社 | TIANDI PRESS

序

只要说中国话,就需要读老舍

·贾行家

老舍是中国现代文学大师。

在老一辈的杰出作家中,老舍是最受大众喜爱的作家之一。他是公认的"人民艺术家",写起文章来,语言通俗易懂,写的又都是普通人的事儿。当年,就算不识字的人也都知道老舍,因为他们要么看过老舍写的话剧,要么看过以他的小说改编的电影。

而且,在国内外的文学界,大家都认为老舍是中国最重要的作家之一。

总之,不管从哪个角度讲中国文学,都绕不开老舍。所以他的作品总会被选到中小学课本里,当然,也可能会出现在你的试卷上。

说到这里,你可能要问了:"你光说老舍重要,考试必考,我还是不服,你得告诉我老舍到底好在哪儿,我为什么一定要读他写的文章。"

我从三个方面来回答这个问题。

第一个、也是最根本的原因:老舍的作品很好。

老舍一共留下了八九百万字的作品,包括十几部中长篇小说、三十几部话剧剧本和六七个短篇小说集子。

这些著作，既是杰出的文学作品，又呈现了时代的宽度和生活的深度。从老舍那里，你可以真正了解中国，因为老舍的作品里有最地道的中国文化。

你一定要读老舍的第二个原因，在于老舍的语言是最标准也是最精彩的中文。

简单来说，就是"只要说中国话，就得读老舍"。这么说是不是太绝对了？当然不是。"老舍的语言好"，这是大家公认的，重要原因在于现代汉语的定义就和老舍有关。

现代汉语对普通话的定义是：我国国家通用语言，现代汉民族的共同语，以北京语音为标准音，以北方话为基础方言，以典范的现代白话文著作为语法规范。按照这个概念，中国现代的文学大师里只有老舍一个人是三条都占的。老舍在英国和美国都留过学，做过不少翻译工作，但写作的时候，一直都是用最地道的北京话。按他的说法："我的笔去蘸那活的、自然的北平话的血汁，不想借用别人的文法来装饰自己。"

有位著名的语言学家说，语法最标准的北京作家有两位：古代是写《红楼梦》的曹雪芹，现代就是老舍了。也就是说，老舍的作品是运用中国话的样板。

第三个原因呢，读老舍是件轻松、愉快的事。

老舍是个富有童心的幽默大师，他写出来的故事和文章都特别有趣。事实上，老舍让别人最难以企及的地方，就是他的幽默艺术。幽默在他的整个创作中，起了画龙点睛的作用。

所以，咱们后面学习老舍的过程，一点儿也不会感觉到累。

老舍一生创作了无数的小说、散文和戏剧作品，我从他的1000多部作品中选出了跟你相关的近20部作品，进行了详细讲解。

首先，我会用8讲的篇幅带你精读老舍最著名的代表作——《骆驼祥子》《四世同堂》和《茶馆》。在解读的过程中，我会结合作品的历史背景，让你明明白白地读懂故事，搞清楚考试中的难点。

然后，我还会再把写作文这件让人挠头的事，拆分成不同的"零部件"，带你跟着老舍学怎么写。比如，入选了中小学语文教材的《猫》《母亲》《北京的春节》等作品，就是非常适合学习写作的范文。

除此之外，我还把许多推荐学生阅读的老舍作品，都筛选了出来。结合这些作品，咱们还会说说老舍的一生。

当然了，我最后得向你说明一下，为什么由我来为你讲老舍。

我是个作家。在我自己的写作生涯里，老舍一直是我的偶像。我从小学开始读老舍，读了几十年了，一直读到现在。他的全部作品和主要的研究资料，我都读过；重要的代表作少说也看过五六遍，更有能背下来的。所以，作为一个资深读者，一个从小跟老舍学写作文的人，我可以用自己的体验而不是套话，来为你做读老舍的导游。

那还等什么呢？来跟我一起读老舍吧。

目录

《骆驼祥子》：
为什么叫"骆驼"祥子？　06

《骆驼祥子》：
虎妞的诡计能不能得逞？　15

《骆驼祥子》：
祥子的悲剧为什么是必然的？　25

《四世同堂》：
小胡同怎么映射大时代？　33

《四世同堂》：
形形色色的汉奸形象　41

《茶馆》：
话剧和小说有什么不一样？　49

《茶馆》：
建立情节就像吹气球　58

《茶馆》：
怎么写对话？　67

《断魂枪》：
老舍的文字好在哪里？　75

《北京的春节》：
学会观察生活　85

《我的母亲》：
学会用语言表达情感　92

《猫》：
学会写一只猫　100

《离婚》《济南的冬天》：
学会写一片风景　108

《离婚》：
学会写一个人　117

《买彩票》：
学会幽默的艺术　126

童年老舍：
作家为什么都爱写童年？　135

少年老舍：
一个人的成长跟什么有关？　144

青年老舍：
遇到人生难关怎么办？　152

老舍教我们的两件事　160

《骆驼祥子》:为什么叫『骆驼』祥子?

这一讲开始，我们来精读老舍的几部代表作品。第一部是《骆驼祥子》，它不仅是老舍个人写作全面成熟的标志，也是当时中国最优秀的长篇小说。好到什么程度呢？好到这部小说里的人物，后来都成了老百姓的口头禅：形容谁的命苦，就说他是"拉车的祥子"；说哪个女人厉害，会说她"就跟虎妞似的"。接下来，咱们就一起来认识认识祥子和虎妞吧！

"洋车夫"这个行当的历史

　　《骆驼祥子》的故事发生在20世纪二三十年代的北平，也就是现在的北京。主人公祥子，是一个人力车夫。人力车在北京叫洋车，在上海叫黄包车。它有两个轱辘，

《骆驼祥子》：为什么叫"骆驼"祥子？

后面的车厢是一张大椅子，有个能折叠的车棚，前面是两根长长的车把，由人拉着跑。那个年代的汽车，既昂贵又稀有，所以，北京的主要交通工具还是洋车。

小说一开始介绍，北京的洋车夫有很多种，他们拉车的区域和服务对象不同，年龄、神气和穿着打扮也不同。咱们的主人公祥子，二十出头，长得又高又大，跑得又快又稳，是最高级的一种车夫，收入自然也很高。最了不起的是，他拥有一辆自己的洋车，不需要租车，每天赚到的钱都归自己支配。

你可能会觉得，咦，不就是一辆洋车吗，又没有发动机，能值多少钱？可不是这样的，那个年代，一辆新洋车要100块大洋，相当于普通家庭一年的生活费，而这对车夫们来说简直就是个天文数字。祥子从乡下进城以后，省吃俭用，仅用三年时间就攒钱买了属于自己的车。你看，祥子的这个成就，其实是勤俭和奋斗的结果。他相信，凭着自己年轻、有本事，肯定能出人头地。在小说的开头，祥子的前途看起来一片光明。

说到这里，我要提一个问题：你知道老舍为什么对人力车夫行业交代得这么细吗？因为只有了解车夫的生活，才能读懂这部小说。而且，这也是老舍构思的起点。主人公祥子是个虚构人物，是很多真实车夫的组合。

老舍说，写祥子之前，他先调查了车夫分多少种，然后才给祥子定位。确定了祥子的生活方式，就能知道他会遇到哪些人物，这些人就构成了祥子的社会环境。然后老舍又想：祥子在小说里会怎么行动呢？比如说，在刮风下雨的时候，他会遇上什么状况？他要是结婚，会找到什么样的妻子？这就是从人物开始系统构思的方法。

一部杰出的文学名著，就是这样从小问题开始，一点点构建起来的。你应该猜到我的意思了：写作文，也可以学习这种方法。从一个点开始发散，不断丰富环境和人物，然后，真实流畅的故事情节就会自然而然地出现。写完《骆驼祥子》以后，老舍觉得这是他最满意的一部作品。因为小说里的所有情节，都围绕着祥子展开，没有多余内容，也没有啰嗦的描述。

给你说了这个基础设定方法，接下来，咱们再回到

《骆驼祥子》：
为什么叫"骆驼"祥子？

故事当中。

为什么叫"骆驼"祥子？

没想到，祥子的新车刚买了半年，就被抢走了。被谁抢的呢？被军阀。中国当时被不同的军阀瓜分控制，经常出现内战，他就是在内战里被抓了壮丁。抓壮丁的意思是，被军阀抓去修工事、运物资、上前线打仗。

后来，趁着士兵们打败仗，祥子找到机会逃了出来，还拉走了三匹骆驼。咦，军队里怎么会有骆驼呢？我们知道，骆驼能很长时间不吃不喝，耐力持久，在过去一直是货运工具。那时很多地方不通火车，还在用骆驼和骡马运输。这三匹骆驼，被祥子卖了35块钱。要是把骆驼卖给屠宰场，还可以再多卖一些钱，但祥子觉得那样有点儿缺德，骆驼毕竟是和自己一起逃出来的，就应该一起活着。你看，在这时，他还是很善良正直的。

正是因为这件事，祥子后来才被车夫们戏称为"骆驼"。这个名字倒也很符合他的形象，祥子固执、沉默、有主见。卖骆驼时，他就下定决心，要用这30多块钱重新开始，再攒一辆车出来。

怎么攒呢？给人打工。在买第一辆车之前，祥子拉过人和车厂的车，车厂就是租车行。这次从战场上逃回来，祥子还回到人和车厂住。

这家车厂的老板叫刘四，刘四有个女儿叫虎妞，三十七八岁，没有结婚。这两个人是后面的关键人物，下一讲我会重点说说他们。为了再买一辆属于自己的车，祥子干活儿比以前更拼命了，连一碗茶都舍不得喝，还不顾脸面，去抢老弱车夫们的生意，像一只饿疯了的野兽。因为这些事，车夫们都有点儿讨厌祥子。只有虎妞喜欢他，一心想嫁给比自己小十几岁的祥子。

后来，祥子找到了一份更好的工作：到一个姓曹的大学老师家里拉包月的洋车，吃住都在曹家。曹先生为人和善，很讲理，全家人对祥子都很好。祥子出了车祸，把曹先生给摔了，祥子羞愧得要引咎辞职，而曹先生一点儿都没有怪他。在祥子眼里，曹家像是沙漠里的绿洲，他很尊敬曹先生。

《骆驼祥子》：
为什么叫"骆驼"祥子？

就在这时，虎妞找到了曹家，想请祥子回去参加刘四的生日宴，借着拜寿的机会，让祥子把自己娶了，以后他俩可以继承刘四的车厂。可祥子对这件事根本不感兴趣，他愿意凭自己的力气吃饭，根本看不上虎妞。但这样一来，恐怕要得罪虎妞，以后可没有好果子吃，所以他一时也想不出办法来。

这之后的第三天，祥子在一家茶馆认识了一个姓马的老车夫。老马和他十二三岁的小孙子合拉一辆车。大冷的天，他们着实没地方去，又冷又饿，老马刚进屋，就晕了过去。我们说过，祥子是一分钱都舍不得花的，不过这时候他也动了恻隐之心，给爷孙俩买了10个羊肉包子。乍一看，老舍好像用了很长的篇幅写了件和主线无关的事，可我们前面说了，《骆驼祥子》里没有多余的笔墨，老舍写这件事有多重作用。

最直接的一个作用就是：老马的遭遇引起了祥子的思想变化。在这之前，祥子还不肯向虎妞妥协，可这件事之后，他便不准备反抗了。

祥子一直以为，如果能有自己的车，就有了一切，可以清清白白地成立家庭，有安稳的生活。可老马的车就是他自己的！这好像让祥子一下子看到了自己的未来，让他怀疑反抗和努力都是没有用的。在这部小说的结尾，老马还出场了一次，那个时候，他的孙子因为买不起药病死了，他自己也拉不动车了，几乎成了乞丐。

祥子悲剧命运的必然性

另外，这部小说的主题，是用祥子这个人物，来描写贫苦人的共同命运。我看过一道中考题，是请同学们分析为什么祥子的悲剧有必然性。

要说清楚这个悲剧的必然性，我得为你补充一点儿历史资料。在祥子拉车的时候，北京有5万到10万个车夫，占全市成年男性的六分之一。老舍用车夫作为劳苦民众的代表，正是因为这是当时最大的社会群体。小说里说，车夫是"把窝窝头变成血汗，滴在了马路上"。可他们的收入仅仅能维持生存，一遇上灾祸、疾病，或者衰老以后，就会彻底破产，冻饿而死。而且，车夫们不

《骆驼祥子》：
为什么叫"骆驼"祥子？

知道，那时的北京就快通电车了，他们的收入还要继续降低。所以，祥子遭遇像老马那样悲惨的结局，确实是必然的。

这时候，那位善良的大学老师曹先生也遇到了麻烦。因为曹先生不肯给一个学生及格的分数，所以这个叫阮明的学生就告发了他，说他在课堂上散布激进的政治言论。曹先生一家连夜出去避难了，但是祥子没跑掉，不仅如此，祥子还被敲诈走了仅有的一点儿存款。在北京奋斗了好几年，最后落得身无分文。现在，祥子只剩下一条路了，就是照虎妞说的，再回人和车厂去。

他这一回去，触发了小说里的一段高潮情节。我们下一讲接着说。

《骆驼祥子》：虎妞的诡计能不能得逞？

这一讲，我们主要来详细读一读《骆驼祥子》里最精彩的一场矛盾冲突。这部小说一共24章，这场冲突发生在第13、14两章。你手头要是有书，不妨拿出来，我们一起来读。

前面不是讲过，虎妞叫祥子去参加刘四的生日宴吗？这个时候，虎妞的这条线索浮出水面，变成了中心事件。出场的主要人物是祥子、虎妞和刘四。

虎妞和父亲刘四

祥子的性格你很熟悉了，我们再介绍一下刘四和虎妞这对父女。在第4章，祥子回车厂的时候，他俩已经登场了。老舍介绍刘四，是这样一段话："刘四爷是已快七十岁的人了；人老，心可不老实。年轻的时候他当过库兵，设过赌场，买卖过人口，放过阎王账……在前清的时候，打过群架，抢过良家妇女，跪过铁索。"这段话，熟悉老北京民俗的人，一听就得皱眉，因为刘四这人是个混混儿，也就是职业流氓。库兵是看守银库的，因为能监守自盗，往往和强盗有来往。放阎王账就是放高利贷。刘四可不是一般的流氓，他干过的拐卖人口、聚众赌博，都是严重的刑事犯罪，而且需要团伙作案才行。

跪铁索是一种刑罚。犯人被官府抓到以后如果拒不招供，就让他跪在很粗的铁链上，不只是硌得疼，而且时间一长，双腿可能落下残疾。而当年"跪上铁索，刘四并没皱一皱眉，没说一个饶命。官司教他硬挺了过来，这叫作'字号'"。在职业流氓中间，"字号"的意思是说这个恶棍的名声很响，既对别人手狠，也敢于自残，人见人怕。你看，这种人，别说祥子了，就是亲闺女虎妞也没法和他斗。

当然，虎妞也不简单，她一直是刘四的得力助手，小说里说："刘四爷打外，虎妞打内，父女把人和车厂治理得铁筒一般。"他爷俩定的规矩，基本就是同行业的规

《骆驼祥子》：
虎妞的诡计能不能得逞？

矩。虎妞把祥子招呼回来有一个目的，因为在刘四身边，她三十七八岁了一直没有机会嫁人，她想让祥子做上门女婿，将来好继承车厂。

刘四呢，虽然挺喜欢祥子的老实勤快，也觉得有点儿对不起女儿，但他绝对不允许虎妞嫁给祥子。你可能要问了：他就这么一个女儿，为什么不允许虎妞找个丈夫呢？祥子不也挺好吗？是啊，虎妞也是这么想的。但你别忘了：第一，刘四根本看不起社会底层的车夫，这一点后面我们还会说到；第二，刘四可是个老流氓，他想事情和正常人不一样，他认为自己的产业只能由自己挥霍，要是落在了祥子手里，那便是奇耻大辱。而祥子呢，其实根本没想要什么车厂，更不愿意要虎妞，他回来只是因为没地方去了，逼不得已。

这就是开场之前，三个人的内心戏。了解这些，是我们读这段高潮情节的基本功课，也是老舍在写之前要捋清的基本功课。在经典作品里，一段不长的情节背后，作者会为人物建立完整的性格，铺设很长的经历。

虎妞的"小算盘"

祥子刚一回来，刘四对他也挺欢迎的。虎妞悄悄嘱咐祥子说："精神着点！讨老头子的喜欢！咱们的事有盼望！"还故意当着刘四的面喊祥子做这做那。

刘四也夸了祥子几句，说："我要有你这么个儿子，少教我活几岁也是好的！"——这句话很容易引起读者误解，以为刘四想认祥子当干儿子，都说"一个女婿半个儿"嘛，好像也能接受他做女婿。老舍写道：虎妞听了这句话，得意地向祥子挤了挤眼。好像连虎妞也这么理解。如果你也这么想，那可就错了！其实，刘四说这句话，是为自己没有儿子而悲哀。在旧社会的伦理观念里，家族财产只能由儿子继承，女儿出嫁，就是属于另一个家族的外人。刘四这种自私狠心的人，只想让虎妞一辈子不结婚，当自己的忠实助手，根本没为她的个人幸福考虑过。

老舍也怕读者看不懂这一层信息，又给出了一些潜在的信息。接下来，刘四开始因为寿堂布置不合他心意而乱发脾气骂人，这说明他的心情并不好。他过的是

《骆驼祥子》：虎妞的诡计能不能得逞？

69岁生日，这个数字让他很害怕。旧社会的人寿命不长，70岁基本上就到达人生终点了。而他这种人，尤其害怕衰老，比如小说里讲，刘四剃光头、不留胡子。但是你知道吗？在当时，老年人其实是喜欢留胡子的，因为这是德高望重的标志。而刘四这样做，说明他心里很焦虑。

在这个事件的发展过程里，老舍为每个人物写的对话，安排的动作和表情，都是只有他们才能说出来、做出来的。而且，还有潜台词。

比如，虎妞对刘四说："要是有儿子，不像我就得像祥子！……其实有祥子这么个干儿子也不坏！"这就像是魔术师在对观众施加心理引导，想让他头脑一热，认祥子当干儿子。然而刘四没搭茬儿，想了想，说："话匣子呢？唱唱！"话匣子就是收音机。这好像是句闲话，但我看得心里一惊。为什么呢？因为这是一次交手，而且虎妞已经提前失败了。虎妞本来和读者想的一样，以为一切进展顺利。没想到刘四察觉到了虎妞的目的，咱们可别忘了刘四过去是干什么的。他突然把话头岔开，是要以静制动，看看虎妞接下来的动作。这些心态，老舍都不明写。

好小说就是这样，能不明写的就尽量不明写。我们读小说，要学会读这些藏在文字下面的东西，这样读也更有意思。比如，这里还有个细节，虎妞和刘四两个人说出来的话，几乎全是惊叹号结尾。这代表什么？就是这两个人始终在大嚷大叫，对着别人发号施令，情绪很不平稳。

如果说这是一个牌局，现在刘四已经看清了三家的牌，虎妞是猜错了局势，至于祥子，则是什么也不知道，也什么都不在乎，任由他们摆布。

小说写到这儿他们还属于互相试探，距离最后摊牌，还需要一些推动力。

这时，其他车夫登场了。刘四让车夫们当天出车以后，不许在办生日宴的时候回来，让他们像老鼠似的藏起来，对他们说"吃完，都给我滚……你们拉车，刘四不和你们同行"，这是赤裸裸的侮辱。车夫们不敢惹他，就把愤怒转向了祥子，觉得他是刘家的走狗，开始奚落祥子就快要娶虎妞，当厂主了。祥子气得想和他们打架，

《骆驼祥子》：
虎妞的诡计能不能得逞？

被刘四喝止了。但这也侧面证实了刘四的猜疑，连车夫们都在这么传了。

刘四的生日宴

在生日宴的上半天，大家都来给刘四祝寿，他还挺得意。到了下午，看见别人家的小孩儿，他就又羡慕又嫉妒，觉得自己没有子孙，这个生日没什么意思，开始找机会发脾气了。虎妞忙了一天，也开始厌烦，没有了耐心。我们要注意，三个人的情绪都已经很差了，就快要失控了。老舍既准确地掌握了每个人的状态，也在控制着故事走向的大局，像拧螺丝一样，把这个矛盾越拧越紧。

到晚上七点多钟，刘四发现一天下来，人虽然来了不少，给他送的贺礼却不多，找到机会，立刻开始大吵大闹。他可是只许自己占别人便宜的。骂着骂着，话题就绕到了虎妞身上。这父女俩都是凶狠好斗的性格，虎妞也憋不住，开始还嘴，质问他："你自己要花钱办事，碍着我什么啦？"

刘四一看有了对手，立刻来了精神，说："碍着你什么了？简直的就跟你！你当我的眼睛不管闲事哪？"指明了祥子就是虎妞的目的。这句话一出口，这两天他俩藏在心里的事，终于要摊牌了。

刘四的态度很明朗，他瞪着眼说："甭打算，我还得活些年呢！……我不能都便宜了个臭拉车的！"这话的意思就是要把祥子撵走——你看，这也真是流氓的逻辑、流氓的语言。

虎妞到这时候才发现自己的计划落空了，她害怕祥子也跑了，只能退而求其次。于是，她让刘四分一些钱给她，她要和祥子离开车厂。刘四是混社会的人，当着这么多外人，绝对不让步，公开宣布自己一个子儿也不会给。

虽然这场冲突表面上是刘四赢了，但从此以后刘四就成了孤家寡人。虎妞欺骗和胁迫了祥子，但她对刘四的要求并不过分，她有继承的资格，而且她变成现在这样，也是被刘四这个不负责任的爸爸给害的。这场失败，

《骆驼祥子》：
虎妞的诡计能不能得逞？

把她和祥子都送上了悲剧道路。

冲突往往是这样：人们藏着自己的目的不明说，看起来很聪明，但真要撞到一起，结果却是没人得到真正的好处。比起互相算计、互相伤害来，其实坐下来陈述各自的意愿，摆出证据和理由，寻找大家都能接受的方案，才是更好的选择。

《骆驼祥子》最后的故事，我们下回再讲。

《骆驼祥子》：
祥子的悲剧为什么是必然的？

我们接着来讲《骆驼祥子》。上一讲,我们讲了虎妞和刘四摊牌这一场戏。在这场冲突里,祥子、虎妞和刘四三方,可以说是谁都没有达到理想目标。但话挑明了,矛盾爆发了,就不能收回去了,只能一起往前走。

祥子和虎妞成婚

这之后,虎妞一不做二不休,在贫民区的大杂院里租了两间房子,自己做主把自己嫁给了祥子。这在旧社会是很奇怪的,当时的婚姻实际上是两个家族联姻,叫作"父母之命",女方本人没有参与权。本来还有一套复杂的程序,而虎妞完全不管那些,做了身大红绸子衣服,雇了顶轿子,就自己过去了。这也真是很了不起。她的算盘是这样的：她手里存了四五百块大洋的私房钱，她打算先拿这笔钱舒舒服服地过日子。父亲迟早会原谅她，将来她和祥子还是能继承车厂。

但对祥子来说，这件事完全是受虎妞的欺骗和强迫。虎妞让他改行做小生意，而祥子只想继续拉车，他说："我不会！赚不着钱！我会拉车，我爱拉车！"你看，他用的是"爱"字，拉上一辆自己的车，这是祥子的人生信念。虎妞说："你娶老婆，可是我花的钱……想想吧，咱俩是谁该听谁的？"在虎妞的世界里，是谁有钱就谁说了算。

不过虎妞也失算了，在那场争吵之后，刘四直接卖了车厂，拿着钱不知去向了。这下她彻底绝望了，她手里的钱已经花得差不多了，只能给祥子买了辆车，让祥子先拉着，好赚点儿生活费。卖车给祥子的，是和他们家同院的一个中年车夫，叫二强子。二强子是酒鬼，他和两个没成年的儿子，都靠19岁的女儿小福子养活。小福子的命运，在整部小说里是最凄惨的，她性格温顺善良，先是被家里卖给一个军官，接着又被那个军官抛弃了。她回来之后，姐弟三个成天被父亲打骂。

《骆驼祥子》：
祥子的悲剧为什么是必然的？

初秋的时候，祥子因为天气忽冷忽热，又在暴雨里拉车，生了一场重病。半年以后，虎妞又难产死了。为了办丧事，祥子只能把车卖了——这是祥子第二次失去自己的车了。这辆车的来路让他不舒服，但失去的方式，让他更难过。等埋葬了虎妞以后，他手里还是只剩下30块钱，又被打回到了之前的起点。

祥子再次找到生活的目标

祥子和小福子一直是彼此喜欢的，他们都是同病相怜的苦命人。但祥子要娶小福子的话，就得负担起小福子那一大家子人，这个时候他偏偏没有这种勇气，只留下一句话——"等我混好了，我一定来"，就又搬到另一个车厂去住了。

打这以后，祥子因为心情太坏，学会了抽烟喝酒，和以前他看不上眼的那些车夫来往了。他还学会了偷奸耍滑，和人吵架。不过，这时的祥子也不算坏，只是个普通的车夫。因为变得和大家一样了，祥子在车夫里的人缘变好了。这也可以理解，不能说就等于堕落。毕竟，人需要群体，不能独自活着。车夫也都有自己的苦衷。

一天夜里，祥子拉到了那个消失了很久的刘四。两个人互相认出来以后，祥子告诉刘四虎妞死了。刘四开口骂他，祥子也不示弱，说："你太老了，禁不住我揍。"然后把他给撵下车，扔在了半路上，也不告诉他虎妞埋在了什么地方。老舍写了两个细节：刘四下车的时候，手是颤抖着的；到祥子走出去老远，他的大黑影子还在那里站着。刘四失去了唯一的亲人，而且连亲生女儿埋在哪儿都不知道，这也是很沉重的打击。

这次战胜了刘四，让祥子获得了勇气，他觉得能战胜刘四，就能战胜生活。毕竟他还有一个希望，就是和小福子一起生活。

在这部小说里，祥子的梦想、自尊，是一点点失去的，但到了这时候，老舍又给了他一次振作的机会。不过，这次振作，为的是让他后面摔得更狠。后来，祥子去找了对他很好的曹先生，曹先生给祥子出主意，让他接着到自己家来拉车，还答应让小福子也来做帮工，这

《骆驼祥子》：
祥子的悲剧为什么是必然的？

样他们就能生活在一起了。这是祥子不敢想的喜讯。他觉得，从此以后，他们就能像一对小鸟一样，干净体面地一起生活了。凭自己的力气吃饭，再有一个情投意合的人，这本来就是一个很基本的愿望。

但是，祥子没有找到小福子。他搬走以后，小福子因为不堪痛苦和折磨，已经上吊自尽了。他只在城外的松树林里，找到了一个坟头。从此以后，祥子堕落成了最下等的车夫，这个"下等"不是说身份，而是说人格。他完全没有廉耻和信用，能偷就偷，能骗就骗，连曹先生的钱都骗，直到再也没人租车给他。

当初不是有个告发曹先生的阮明吗？祥子又把阮明出卖了，换了几十块赏钱，阮明被枪毙了。等到这些钱挥霍光了，他就靠在葬礼出殡的队伍里打纸旗、挽联，换几个铜子儿。这是老人和孩子才干的活儿，稍微重一点儿的东西他都懒得拿。我们算算，此时的祥子，只有二十几岁，却已经是个活死人了。

写作技巧：故事公式

　　这个故事是个让人伤感的悲剧，但它有一种吸引力，让我们想知道祥子最后的命运。那么，这个吸引力是怎么形成的呢？当编剧写故事，就像你做数学习题一样，是有公式可用的，公式如果用得好，能让你只要看了开头，就非得知道它的结局不可。

　　《骆驼祥子》就符合一个经典的故事公式。它原来一共有7个要素，我把它简化一下，分解成了4个最重要的环节，就是：目标、阻力、反转和结局。这个公式，你下次写记叙文时，就可以试着用一用。

　　怎么用呢？我们就用这部小说来举例子。

　　目标，就是故事主人公的行动有一个清楚的预期，比如祥子就是追求有一辆自己的车。他的这个向往很正当，而且他也进行了一系列的努力，一直到小福子死之前，都没有完全放弃。

　　第二个要素就是阻力，现在的编剧管它叫"扰乱事件"，就是要达到原定目标遇到了各种阻碍，或者计划被彻底打乱了。你看，祥子几次失去了车，都是阻力。为了克服这些阻力，他会不断努力。而且为了防止故事平淡

《骆驼祥子》：祥子的悲剧为什么是必然的？

无奇，编剧们还会在这里设置一些意外情节，就是我们看电影、读悬疑小说最喜欢的那种反转情节。我们刚才说，祥子本来已经沉沦了，但从战胜刘四到曹先生给他帮助，获得和小福子组成家庭的希望，这又是一次反转。这个反转把故事带到一个岔路口，通向最后的那个结局。

老舍选的是悲剧结局，有没有喜剧版结局呢？曾经还真有一个。在20世纪40年代，美国出版了《骆驼祥子》的英译本，英文翻译者就擅自改写了结尾：小福子被人拐卖，祥子冲到那里，把她给抢了出来，两个人从此过上了幸福生活。这么改，是为了提高书的销量。翻译者认为读者都喜欢快乐的结尾。

但老舍为此很气愤，因为这个改动把整部小说的主题都搞乱了。什么意思呢？小说完成于1937年，当时日本加剧对华侵略，国民党政府腐败无能，老舍觉得，在这样的社会里，祥子的悲剧是必然的，无论个人如何奋斗和努力，都不会有出路，迟早要被这个病态腐朽的环境吞噬。这才是他的本意。一个悲剧的结尾，更能引起读者的反思。

《四世同堂》：小胡同怎么映射大时代？

前几讲我们讲了《骆驼祥子》。在这部小说出版的当年，日本帝国主义挑起了"七七事变"，侵占了北平，全面抗战爆发了。老舍不愿意生活在敌人占领的区域，就把家人留在了北平，自己一个人往南走，最后到了重庆，留在那里做抗战工作。在困难时期，他还给自己安排了一项任务：写一部小说来讲述中国民众在抗战中的苦难和抗争。这部小说，就是篇幅达到了100万字的《四世同堂》。

《四世同堂》一共有100个章节，每个章节差不多1万字。动笔之前，老舍面临一个难题：这样大的体量，这么沉重的主题，该用什么故事、什么人物来表现呢？下面，咱们就一起来看看老舍是怎么破题的。

小羊圈胡同里的邻居们

故事的主要场景，设置在北平西城一条叫小羊圈的胡同里。其实，这个小羊圈胡同正是老舍的出生地，他在这里生活了20多年，今天叫小杨家胡同。这么做的意义，我们最后再来讨论。

故事是从1937年7月北平陷落开始的。胡同里住着姓祁的一家人。这是个大家庭，有祖孙四代。四世同堂在中国传统观念里，是人丁兴旺、家庭和睦的理想模式。

祁家的三兄弟是小说的主要人物。老大瑞宣是个正直的读书人，妻子很贤惠。老二瑞丰和他的胖媳妇两口子庸俗肤浅。老三瑞全是个一腔热血的大学生，北平陷落以后，他救了一个中国军官，然后两个人就一起逃出城去参加抗战了。

三兄弟的父亲是个忠厚沉稳的商人。辈分最高的是三兄弟的爷爷祁老人，这一年75岁。他是典型的老北京，本分胆小，对各种老规矩、老礼仪，都有种宗教式的虔诚，不允许错一点儿。到了这时候，他还惦记着要为自己办一场热闹体面的生日宴。

《四世同堂》：
小胡同怎么映射大时代？

祁家西面隔壁，住着全胡同最有钱的冠家。男主人冠晓荷当过官，50多岁了，却收拾得像年轻人一样油光水滑。他是个没有下限的人，日军进城以后，他就四处钻营，想在汉奸的伪政府里弄个官儿当。

冠晓荷的大太太，外号叫大赤包，性格作风和《骆驼祥子》里的虎妞有点儿像。但虎妞还有值得同情的一面，大赤包则是个彻底的歹徒，她为了金钱权力什么都敢干，甚至利用自己的两个女儿做鱼饵，勾上了一群汉奸，里面最坏的一个叫蓝东阳；还弄到了管理全城妓女的肥差，干的坏事越来越多。这群汉奸的事，咱们下一讲再具体说。

战争中人物的不同命运

整部小说的情节，和抗日战争的时间线是高度吻合的。抗战初期，日本在军事上屡屡得手，一再占领中国的城市。北平的汉奸们也越来越得意。老二瑞丰夫妇到处巴结汉奸权贵，后来，瑞丰终于当上了伪政府的教育局科长。

在1941年偷袭美军珍珠港得手以后，日军的狂妄达到了极点。他们想在北平建立亡国文化，把持了教育和新闻，还到处抓人、杀人，用恐怖手段来威慑市民。

胡同里还住着很多三教九流的邻居，有热心肠的李四爷夫妇，剃头匠，像祥子一样的车夫，也有前清的贵族、如今以唱戏维生的小文夫妇。有人刺杀了从东京派到北平来的特使，邻居里的车夫就被当成替死鬼砍了头。热心肠的李四爷因为反抗日本兵，被活活打死了。

在日本人的逼迫下，祁家三兄弟的父亲也不堪凌辱，投河自尽了。

《四世同堂》一共有三部，第一部叫《惶惑》，这表达了当时中国普通民众的心情。第二部叫《偷生》，老舍借胡同里邻居们的遭遇，传递了一个信息：当命运已经不掌握在自己手里的时候，就算忍辱偷生，也会无缘无故地受冤屈而死。他呼吁民众鼓起勇气反抗，反倒可能有生路。

比如，汉奸冠晓荷的姨太太桐芳就是有正义感、敢行动的人，她很看不起冠晓荷和大太太。冠家隔壁邻居钱先生的儿子把日本军车开下山崖，和敌人同归于尽，冠晓荷就跑去向日本宪兵告发，害得钱家家破人亡。钱

《四世同堂》：小胡同怎么映射大时代？

先生在日本人的监狱里被折磨得半死，目睹了他们残杀中国人的暴行，被放了出来之后就参加了地下抗战。战前，他是个不问世事的诗人，从此以后，他开始用尽一切手段，对日本人和汉奸进行复仇。

于是，姨太太桐芳就开始和钱先生合作。他们计划在一场京剧演出时，用炸弹炸死汉奸和日本人。演员里就包括唱戏的邻居小文夫妇。在现场，一个日本军官发酒疯，开枪打死了台上的小文太太，于是小文从台上跳下来，用椅子砸死了那个军官。钱先生只能扔出手榴弹，炸死了几个日本兵，姨太太桐芳也死在了这次事件里。

这时候，汉奸蓝东阳害死了大赤包，得到了大赤包的肥差，还把冠晓荷和他的女儿们从家里赶了出去。

从这里，小说进入了第三部《饥荒》，这一部是老舍在美国讲学期间完成的，当时抗战已经胜利了。在小说的时间线里，日本的侵略战争陷入了不利局面，物资开始接济不上。他们发给市民的口粮，是一种杂粮和垃圾缠在一起的"共和面"，根本没法下咽。

冠家的二女儿被特务机关诱骗去，培训成了为日本人做事的特务。大女儿高第是个有良知的人，她选了另一条路，和钱先生一起做地下抗战工作。冠晓荷和祁家老二瑞丰，这两个失意的汉奸混在一起，到处招摇撞骗。最后，汉奸冠晓荷染上了霍乱，和同院的剃头匠一起，被日本兵拉到城外活埋了。

这时候，祁家老三瑞全经过战场的洗礼后，潜入北平做地下工作。老三在战前喜欢过冠家二女儿，如今发现她成了害死很多人的特务，就亲手除掉了她。老三瑞全还劝老大瑞宣回学校去教书，因为这样才有机会向学生做抗日宣传。

1944年以后，日本进入了最后的挣扎阶段。汉奸蓝东阳收到祁家老三瑞全的死亡警告，吓得申请去日本逃命，结果在广岛被原子弹炸死了。到1945年秋天，祁家老大瑞宣的小女儿，也就是祁家的第四代，因为一直不肯吃"共和面"饿死了。祁老人也不再怯懦了，此时他已经80多岁了，还抱着孩子的尸体要去和日本人拼命。这时，传来了日本投降的消息。老三瑞全也和冠家大女儿高第成了恋人，一起回到了家里。小说在这里结束了。

《四世同堂》：
小胡同怎么映射大时代？

老舍的写作方法

我们觉得，像抗战这样的大事件，应该正面写才能写出史诗的感觉。但是，老舍选择的是把设想的典型人物，放在他最熟悉的环境里。所以，这部小说的故事是虚构的，环境和细节却完全真实。通过一条小胡同，把抗战里的各类人，无论是高贵的还是卑鄙的，无论是英勇的还是平庸的，都刻画得入木三分。老舍的这种方式很多文学家都会用，其实就是用文字建立一个真实区域，构思出一群在这里生活的人，以他们的命运来呈现时代变迁。比如美国作家福克纳——20世纪美国最重要的文学大师，一辈子就写一个小地方，写那里几代人的故事。这和做观察试验的思路差不多。小说的成败，在于介入问题、揭示现象的深浅，不在于写作对象的大小。

下一讲，我们重点来看看老舍是怎么展现形形色色的汉奸形象的。

《四世同堂》：形形色色的汉奸形象

我们接着来讲《四世同堂》。在这部小说里，一共有200多个人物，小羊圈的居民里，有名有姓的就有56个。老舍写得最好的，是占多数的老百姓，让他们用自己的行动和语言，表现自身的可爱之处和种种缺陷。这些人里还有一些汉奸形象，最主要的有三种类型。我们这一讲就来说说这群在特殊年代出现的特殊的人。

小说写的是被占领之后的北平，这对侵略的日军来说是"后方"，小说里写到了他们在这里犯下的各种罪行。他们要求小学生都要学日语，接受奴化教育。他们害怕传染病蔓延，就把腹泻拉肚子的人都拉到城外去活埋。他们在中国抢粮食、煤炭、钢铁、棉花、布匹等各种物资。北平全城爆发饥荒，每天有许多人冻死、饿死在街头。这些缺德事，日本人不一定直接干，有时会交给投靠他们的汉奸。所以，经历过抗战的老人们感慨道：日本人可恨，那些汉奸更可恨！那么，好端端的一个人，为什么要当汉奸呢？

汉奸并不是什么怪物。平常的时候，他们看起来都是普通人，甚至看不出是坏人。

第一类汉奸

我们先来说第一类脑子最简单的汉奸，代表人物祁家老二瑞丰夫妇。战前，老二瑞丰在学校里当职员，相比不识字的邻居们，好像更知书达理。但小说里讲：瑞丰所受的那种教育，是只管收学费和发文凭的。他在学校里只学了一些零散的知识，却没有培养思考和判断的能力。瑞丰自诩为新派人物，其实所追求的只是新式的享乐。

他和他的胖媳妇既不关心国家，也不关心家里的事，平常就喜欢把东家的事说给西家，再把西家的事说给东家。老二瑞丰就爱无聊地到处凑热闹，连亲友家的丧事都要挤着去，就是为了看披麻戴孝、哭红了眼圈的年轻

《四世同堂》：形形色色的汉奸形象

妇女。他把北平的沦陷也当成了一场丧事，觉得能凑热闹、能占小便宜就好。汉奸蓝东阳找他去给庆祝日本战胜的游行当领队，这对别人来说是莫大的耻辱，他却觉得是出风头的机会。这样的人完全不在乎当汉奸。

老二瑞丰只想自己的享乐，什么都不关心，连对家里人都很冷漠，大哥瑞宣当着他的面被抓走，他完全不管。

有一些情节能说明瑞丰为什么会变成这样。在祁家三兄弟里，老人们向来不喜欢参加抗战的老三瑞全，因为他有时候顶撞长辈，反而最喜欢这个无聊无耻的老二瑞丰。他的庸俗在老人们眼里是本分，他的无聊在老人们看来是会为人处世，他们还考虑过要让他当家。当他的大哥瑞宣被日本人抓走的时候，他完全不管，母亲也没有管教他，而是对瑞宣的妻子说："老二不是东西，可也是我的儿子！"后来，瑞丰被日本人抛弃，自己的胖媳妇也跟着蓝东阳跑了，这时候，家里的老人反而觉得他可怜，收容他回家来住。

家长不及时管束孩子时，常说"他还只是个孩子"。在祁家长辈眼里，老二瑞丰即便成了汉奸，也"只是个孩子"。原因就是，他们把家族利益放到了善恶是非之前。结果是什么呢？结果就是现实替他们管教这个"孩子"。老二回家以后，没有反省和悔过，还假冒日本特务招摇撞骗，最后被蓝东阳抓起来，死在了日本人的监狱里。他的胖媳妇在偷走了蓝东阳的钱以后，也死在了下等妓院里。

第二类汉奸

我们再说第二类心狠手辣的汉奸，就是冠晓荷和大赤包夫妇。冠晓荷是老油条，在军阀时期做过县长、局长，讲究吃喝玩乐，会吹拉弹唱，尤其善于旧官场里的那一套迎来送往。他可以用"民族""社会"这些名词来演讲，但对其含义完全不在乎。在他的价值体系里，生命就等于生活。他的生活，就是追求权势、女人和金钱，其他的都不重要。而且在他心里，他坚信只要当上官，一切就都解决了。冠晓荷四处钻营，一边给日本人送礼，

《四世同堂》：形形色色的汉奸形象

一边抱怨"白亡了会子国，连个官儿也作不上"。

大赤包比冠晓荷的手段更凶狠，所以反倒先当上了汉奸政府的官儿。当她死在日本人的监狱里以后，冠晓荷对日本人说："你们给我个官儿作呢，就是把大赤包的骨头挖出来，再鞭打一顿，我也不动心；有了官儿作，我会再娶个顶漂亮的，年轻的，太太！"弄得日本人都拿他没办法。日本人犯下残暴的侵略罪行的时候，专门找人来给冠晓荷做过鉴定，结论是：冠晓荷接近汉奸的满分标准。

第三类汉奸

小说里的汉奸蓝东阳，属于第三种特殊类型。他已经不只是邪恶，而是个精神变态者。他身体虚弱，欺软怕硬。本来，谁要是给他个嘴巴，他连行李都不敢回去收拾就得逃跑；但老北平人大多逆来顺受，对侵犯总想着退让，这才让他得寸进尺。到了抗战时期，这种人就成了很大的祸害。他这种人会作多少恶，不是态度问题，而是机会问题。

这些汉奸觉得自己比别人聪明，其实从一开始就注定了，他们不会有什么好下场。这还不是所谓的"报应"，而是有现实的逻辑的：选择了汉奸这种罪恶的生活，自然就有一套邪恶的规则导向悲惨的下场。日本人既利用汉奸，又瞧不起汉奸，从来也没信任过他们。抗战期间，日本人在占领的区域建立了好几个伪政府，目的就是让汉奸彼此斗得死去活来。汉奸之间也有鄙视链，沦陷早的地方鄙视沦陷晚的地方，老汉奸鄙视新汉奸。你看吧，奇葩的群体，一定有奇葩的价值观。

汉奸之间的关系，就像玩"吃鸡"游戏，一直斗得你死我活的。小说里汉奸的灭亡，大多不用日本人动手，他们自己就会互相举报、自相残杀。这其实又正中了日本人的下怀。我们开头说过，很多丑事，日本人自己也不愿意直接出面去做，就先放任汉奸去干。汉奸在这个过程里聚敛财富，日本人也不着急，因为到了差不多的时候，日本人就会把汉奸除掉，财产也一并没收。冠晓荷一家就是例子。人在贪婪的时候，往往就是这样，只

《四世同堂》：
形形色色的汉奸形象

能看见利益。

老舍在《四世同堂》里努力展示中国人灵魂的不同侧面，刻画不同的反派丑角，是希望为全民族提供精神上的镜子。他说："这次的抗战应当是中华民族的大扫除，一方面须赶走敌人，一方面也该扫除清了自己的垃圾。"这些垃圾，不只是汉奸，也包括他们的思想。

关于《四世同堂》，我们就讲到这儿。它是描写中国抗战最重要的长篇小说之一。二战以后，《四世同堂》在日本也很畅销，它有利于帮助日本民众对战争进行反思。

下一讲，我们来讲老舍的另一部经典——话剧《茶馆》。

《茶馆》：
话剧和小说有什么不一样？

完成《四世同堂》以后，老舍写得最多的是话剧剧本。《老舍全集》里，一共收了33部话剧，最好的两部是《茶馆》和《龙须沟》。尤其是1958年首演的《茶馆》，从剧本到演员，都是中国话剧历史上的最高峰。

《茶馆》一共有三幕，地点只有一个：北京一家叫裕泰的大茶馆。一百多年前，茶馆是城市里的主要公共场所，人们不只是在这儿喝喝茶、歇歇脚，也交流各种社会信息。茶馆还有很多其他的功能，来这里喝茶的人，有来商量事的，有办理房产买卖这类中介事务的，也有来调解打架纠纷的。

从时间上来说，《茶馆》的跨度就大了，每幕的间隔都在二三十年，全剧的时间跨度是50年。剧中人物也特别多，光主要人物就有七八个，而且也没有一个中心的情节冲突。咦，那该怎么记住故事线呢？有一个方法：每一幕都发生了一件很荒诞的事。我们这一讲，先把这条故事线捋一捋。

第一幕

第一幕的背景时间是1898年一个初秋的上午。清末的百日维新运动刚刚失败，主张变法的"六君子"被杀。这也正是老舍出生的时代。茶馆里看上去平稳，其实人心惶惶，到处贴着"莫谈国事"的纸条。

茶馆的掌柜叫王利发，才二十几岁，精明强干，很懂人情世故，虽然有点儿自私，可是心地挺善良。茶馆的老主顾里，有为人正直、爱打抱不平的常四爷，胆小怕事的松二爷。他俩是好朋友，因为都是旗人，没什么事干，就天天提着鸟笼子到茶馆来坐着。

在茶馆里，除了茶客，还游荡着一些见不得光的人。有一个相面的唐铁嘴，是个大烟鬼，四处招摇撞骗。还有一个刘麻子，表面上说媒拉纤，私下里买卖人口。这天上午，茶馆的房东秦仲义也来了。秦仲义是个维新派，

**《茶馆》：
话剧和小说有什么不一样？**

和王利发年纪差不多，是个阔少爷，派头很大，声称要把家里的钱拿出来开工厂，靠实业救国。茶馆里还有朝廷的眼线，以及很多要饭的穷人。爱打抱不平的常四爷很悲愤，说了句"大清国要完"的牢骚话，就被两个便衣密探抓走，给下了大狱。

我们不是说每一幕都有一件荒诞的事吗？这一幕的荒唐事是：宫里的一个大太监庞总管，要从买卖人口的刘麻子手里，买一个15岁的女孩康顺子做老婆。刘麻子给了女孩的爸爸10两银子，倒手就在庞太监那里卖了200两。

《茶馆》最了不起的地方，是人物线索虽然多，看起来却一点儿也不混乱，三五句话之间，就让观众清楚地看出一个人的经历和性格。我在后面两讲会详细地为你讲讲这个特点。

第二幕

第二幕发生在第一幕之后大约20年。算起来，是在

1919年"五四"新文化运动期间,这也是军阀混战的年代。此时,北京的老式茶馆差不多都倒闭了,只有王利发脑筋活,会改良,对茶馆进行了重新装修,前面卖茶,后面改成了出租公寓,为了一家人的生活,还在勉强维持。这一幕是新开张的前一天。

常四爷出狱以后,自食其力,卖菜维生,他在茶馆里遇到了穷困潦倒的松二爷。当年抓他入狱的那两个特务,又到这里来勒索王利发。

20年前从这里被卖掉的女孩康顺子,也回到了这里。清朝灭亡了以后,庞太监没有了权势,被自己的侄子们欺负死了,康顺子带着庞太监买来的儿子,被赶出了家门。母子俩相依为命,被王利发的妻子收留,在茶馆帮忙。

老面孔里,还有那个人贩子刘麻子。第二幕的荒诞事件,也还是由他身上引出的。有两个逃兵,要找刘麻子合买一个老婆。这个情节应该不是虚构的。老舍曾经写过一部短篇小说,也有这个情节。这些事件本身虽然荒诞,但因为当时的时代就是扭曲的,所以其实是符合现实的。而且后面的情节更荒唐。

《茶馆》：
话剧和小说有什么不一样？

就在要成交的时候，那两个特务又回来了，看出这两个人是逃兵，就拿着枪威胁他们把身上的钱交出来。这时候，在街上巡视的一队官兵过来了。两个逃兵看到官兵要来，赶紧交钱跑了。带队军官进到茶馆，两个特务就说刘麻子是逃兵。然后，刘麻子被不由分说地抓了出去，就在茶馆门外的大街上被砍了头。

虽然说刘麻子是恶有恶报，但又不是因为他干的坏事受的罚，这也是那个年代的荒诞之处。

第三幕

第三幕是抗战胜利以后，老茶馆依旧破旧不堪，王利发已是七八十岁的老人了。这时候城里特务和美国兵横行，群魔乱舞。前两幕里的特务、人贩子和江湖骗子的后代，也都子承父业，混得风生水起了。唐铁嘴和刘麻子的儿子——小唐铁嘴和小刘麻子，勾结了一伙恶霸，要从王利发手里抢走这个茶馆。

这一幕的荒诞事是：庞太监的一个侄子当上了邪教的头子，勾结了国民党政府的一个处长，要称帝当皇上。他的老婆自称"娘娘"，任命小唐铁嘴当天师。这个打引号的娘娘到茶馆来找康顺子，想让康顺子去当太后，还逼着王利发劝康顺子就范。

王利发让儿子送康顺子出城，去找康顺子的养子，也就是加入了八路军的康大力。这时候，那两个特务的儿子也来敲诈他了。于是，王利发让家里人都去追康顺子，自己留下来和茶馆共存亡。这时候，秦仲义和常四爷也来到了茶馆。秦仲义的工厂被国民党抢走了，常四爷也快要饿死了，三个走投无路的老人，在茶馆里模仿出殡的队伍，撒纸钱祭奠他们自己。随后，王利发就在茶馆里上吊自杀了。这家茶馆，也被小刘麻子一伙儿给霸占了。

《茶馆》为什么这么经典？

讲到这里，你可能会问：为什么第一讲要把所有的情节过一遍呢？其实，原因就在于《茶馆》这部戏的主

《茶馆》：
话剧和小说有什么不一样？

角，并不是某个具体人物，而是整个旧中国社会的群像。我们得先看完这 50 年里从没落、混乱到彻底腐朽的大趋势，再进入具体细节。老舍用两个多小时的时间，通过对人物遭遇的呈现，生动地讲出了整个社会的变迁，这正是这部戏如此经典的原因。

不过，话剧《茶馆》之所以这么经典，也不只是老舍一个人的功劳。

话剧和小说不一样，剧本只是创作的一部分，另外还有导演、演员表演、舞台上的美术灯光等要素。剧本写得再精彩，我们也一定要到现场去看表演，才能真正感受一部话剧的魅力。

话剧和电影也有所不同。拍电影可以反复拍一条，话剧舞台上，演员绝对不能叫停，不管出了什么情况，哪怕是腿摔断了——这种事是真的发生过的，演员也会坚持下来。在两个多小时的时间里，要连蹦带跳，又哭又笑，所有的台词、动作必须一气呵成，所以对影视明星来说，能登台演话剧才是真本事。

有一次，我到北京十一中学参观，他们有一个很有意思的规定：每位同学都至少要在舞台上演一次话剧。当众表演，这是很重要的人生经验。有些原本觉得自己不喜欢艺术、性格也比较内向的同学，就是在一次话剧表演里，突然打开了性格，迈进了一扇新的大门。所以，我建议你不仅要看一次话剧，有机会的话，最好能自己表演一次。不管是看还是演，《茶馆》都是一个很好的选择。

对老舍来说，小说可以写不同的场景，用不同的故事结构，但是写剧本，在话剧舞台上，只能用一个固定的时间、固定的地点，把自己的故事冲突和所有的人物都放进来。他能用的手段，只有对话。话剧为什么叫话剧呢？因为表现性格和情感，就靠作者为演员设计的对白或者独白。

用对话来表现人物性格，是老舍最强大的本领。再下一讲，我们就来细读《茶馆》里的那些经典对白。

《茶馆》：
建立情节就像吹气球

上一讲我们说了《茶馆》的主线剧情，这一讲就来说它的支线任务。

情节和主题的关系

我们说过，《茶馆》和一般的话剧不一样，它没有核心的故事，只有一群中心人物。老舍设计情节的目的，也不是为了推进一个有头有尾、有悬念的故事，而是展现这些人物的命运。这种写法是他创造出来的，后来就成了一种话剧的写法。

不过，《茶馆》里的所有情节，比如那些荒诞的事件，绝对不是哪件刺激就用哪件，随意组合在一块儿的。情节要集中在一起，需要一个集中的主题。也就是说，

《茶馆》：建立情节就像吹气球

写什么情节，不能光图热闹，得看它符不符合主题。《茶馆》这部戏的所有情节都有一个共同的目的，就是表现三幕戏里的三个时代都糟糕在什么地方。

下面，咱们来精读第一幕的两场戏，看看老舍是怎么推动情节的。我特别喜欢第一幕，这不只是我的个人爱好，而是很多观众的共同感受。大剧作家曹禺说：《茶馆》的第一幕，达到了"古今中外罕见"的高度。

因为是经典，北京人艺每次排演《茶馆》，都集中了当时中国最好的话剧演员。所有的细节，都精确到可以拿来对标。第一幕一共32分钟，有台词的角色有19个，还有几十个群众演员扮演喝茶的顾客。

他们按照设计好的路线、动作，在茶馆里穿梭活动，配合主要演员表演。舞台的背景声音非常合拍且清晰，鸽哨声、游行队伍喊的是什么口号、小贩叫卖的是什么水果，都听得很清楚。就连厨房里磕擀面杖的声音，都能听出来是在擀饺子皮还是在烙饼。

为什么《茶馆》人多，看起来却不乱？

那我们就得问了：在这么短的时间里，安排这么多角色，而且还没有一个有悬念的故事，不怕乱吗？在老舍的设计里，众多的剧中人物就像台球，别人看起来乱，但他心里有明确的目的，所以就有清楚的线索，要先进哪个，后进哪个。

第一幕的荒诞事件是太监娶老婆。来回促成这个事的人物是人贩子刘麻子，他就像台球桌上的白球一样，先滚过来撞击康顺子的爸爸，从其手里低价买下女孩。但在庞太监出场之前，老舍好像展开了一段无关的情节，让刘麻子走到了常四爷和松二爷身边，触发这两个人物的性格。

松二爷胆小，不愿意得罪刘麻子，问他："这号生意又不小吧？"就是说他买卖人口的生意。刘麻子很得意，说能赚个元宝，大的银元宝是50两或100两，刘麻子实际上赚了190两。常四爷感叹说："乡下是怎么了？会弄得这么卖儿卖女的！"这句话用处是很大的，说明走投无路、卖儿卖女在那个年代是很常见的事。

《茶馆》：
建立情节就像吹气球

  常四爷很正直，也不怕得罪人，对刘麻子说："您可真有个狠劲儿，给拉拢这种事！"这在讲究礼貌的旗人那里，已经是严重的指责了，等同于说：你的心也太黑了，这种事都干得出来！刘麻子脸皮非常厚，根本不在乎，说："我要不分心，他们兴许还找不着买主呢！"

  然后，他才表露出过来搭讪的真实目的，他掏出一块外国表，要卖给松二爷。我们后面讲《正红旗下》时，还会讲到，旗人有比较普遍的生活习俗：无所事事，不善于理财，又好面子。松二爷一听一块表要5两银子，也嫌贵——那时候一个大活人才卖10两银子啊。刘麻子摸透了松二爷的性格，说："您先戴两天，改日再给钱！"松二爷就把表揣起来了。这么一个小情节，就把旗人阶层的特点，旗人为什么走向没落，都表现出来了。这又是当时社会的一个侧面。

  这时候，常四爷又发了一句感慨："咱们一个人身上有多少洋玩意儿啊！……洋鼻烟儿，洋表，洋缎大衫，洋布裤褂……"这句话也很重要。鸦片战争以后，包括鸦片在内的大量外国商品，都倾销到了中国。唐铁嘴抽鸦片，就是在这个背景下发生的事。

所以说，这个卖表的情节，看着是三个人在闲聊、赊账买了一块手表而已，和主要事件关系不大，却把当时民不聊生、洋货倾销这些社会经济的问题都表现出来了。

另外，这个情节也加强了人物设定。

常四爷是个忧国忧民的人，他的话，都是出于对国家未来的忧虑，所以后面他才因为说出一句"大清国要完"，被抓进了监狱。

在《茶馆》里，那些比较次要的人物，可能只有几句台词，完成了情节里的任务就下台了。但就这几句话，信息量也很大。

在第三幕，一个顾客过去是能办上百桌满汉全席的大厨师，去给监狱做饭。他说了一句话："现而今就是狱里人多呀！满汉全席？我连家伙都卖喽！"这是个什么时代，一句话就表现出来了。

《茶馆》：
建立情节就像吹气球

设计情节的法则

我们这一讲叫"建立情节就像吹气球"，意思是说：话剧和小说里的情节，就像气球的表面，你要不想让它松垮垮、皱巴巴的，就要在情节之下填充隐藏的内容，越吹越大以后，它的形状，才能被别人看出来。这个形状，其实就是故事的主题。

说到吹气球，还有一个问题，就是什么时候该停下来？好的作者有一个本事：他们直到再吹一口就会爆炸时才停下来，这时的气球表面最光滑，也最紧张。当然，我们读者心里也很紧张，不过呢，这种感觉很过瘾。

我们下面就来看一场表面上光滑、内里却紧张得要爆炸的情节。

庞太监在一群人的簇拥下登场的时候，最先遇到的不是刘麻子，而是主张维新的秦仲义。庞太监当然是保守派，这两个人是敌对的。秦仲义一见他就说："庞老爷！这两天您心里安顿了吧？"这句话有很深的潜台词：

当时维新刚失败，谭嗣同等主张变法的"戊戌六君子"被杀，庞太监正得意，所以才跑出来买老婆。秦仲义很不服气，这是一句挖苦庞太监的话。

庞太监一听就明白，也不示弱，说："告诉您，谁敢改祖宗的章程，谁就掉脑袋！"然后他还挖苦秦仲义，说："您聪明，二爷，要不然您怎么发财呢！全北京城，谁不知道您秦二爷！您比那做官的还厉害呢您！"这也是有潜台词的，意思是：我在宫里当差，当官的都怕我，你一个土财主，算得了什么？

秦仲义也以退为进，说："不能这么说，我那点威风在您的面前可就施展不出来了！"说得好像很客气，咱们别忘了，这场矛盾是他主动挑起来的。秦仲义这时候只有20多岁，正是血气方刚的新贵，他的心态是：大清国挺不了多久了，我也有我的威风，不怕你这个老家伙。

太监整天参与宫斗，这话的意思还能听不出来吗？所以他说："说得好，咱们就八仙过海，各显其能吧！"这就是宣战了。你看，两个人要是没有冲突，为什么要说"各显其能"？意思就是那咱们就来斗一斗。

秦仲义走了以后，庞太监气得自言自语，说："凭

《茶馆》：
建立情节就像吹气球

这么个小财主也敢跟我逗嘴皮子，年头真是改了！"确实，在此之前，总管太监的势力要比没有官位的资本家大。这段情节，看上去就是两个人在茶馆门口说了几句话，其实是两股社会力量在交锋，这也是在说明那个时代的特点。

你看这段情节像不像一个气球？看上去轻飘飘的，但谁要是一扎，它立刻就会"砰"的一声爆炸。这段情节的气氛是很阴森、很紧张的，两个人表面态度挺缓和，骨子里却剑拔弩张。秦仲义还只是蔑视，而庞太监已经动了杀心。好的情节就是要维持这种危险的平衡，让观众感到紧张。

想达到这个境界，当然是很难的。不过，我们可以先记住老舍设计情节的法则，就是说，作者真正想表现的，是那些复杂的潜在关系。你如果回答阅读理解题，也可以用这个思路分析。

下一讲，我们来说《茶馆》另一个精彩部分——那些受人喜爱的对话台词。

《茶馆》：怎么写对话？

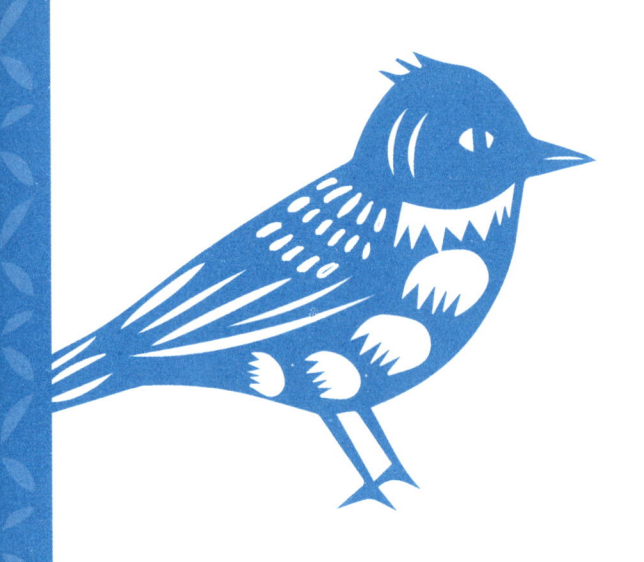

有一个说法叫"生书熟戏",就是说,听众听评书,喜欢没听过的新内容,因为有悬念。听评书和看电影一样,最恨剧透啦。可是看戏时,人们喜欢挑熟悉的剧目。《茶馆》的老观众,对这出戏已经熟到了台词都能背下来的程度,那为什么还要看呢?因为在优秀演员的表演之下,剧中人物已经是不朽的艺术形象了。这是个反复欣赏的过程,也像是在看望老朋友。

剧本塑造人物的手段就是写对话。这一讲,咱们就集中地讲一讲:《茶馆》的对话好在哪儿?老舍是怎么写出来的?他的这套方法不算复杂,你写作文的时候也能用上。

第一步：想清楚每个人物

在写人物对话之前，要做的第一件事是想清楚每个人物，对人物要达到像对老熟人一样的了解程度。老舍写《茶馆》的速度很快，没有反复重写、改写，但在动笔之前想了很久：剧中的每个人物具体长什么模样？有什么经历？他的思想和感情是什么样的？他说话的时候会是什么语气？这些类型的人，本来就是老舍从小就熟悉的，再经过详细揣摩，只要把他们放到剧本环境里，他们就好像能自动说话。

人物的全部生活，决定了他在舞台上的每句话。比如说，那个吸鸦片的江湖骗子唐铁嘴，老舍当年就见过不少这样的人，知道这些人的性格和说话方式是什么样的。他们有很多小聪明，油嘴滑舌，但没有多少见识，也没有羞耻心。在第二幕里，王利发嫌唐铁嘴抽大烟，不愿意租房给他。他说："我已经不吃大烟了！"王利发以为他戒毒了，就说："真的？你可真要发财了！"没想到，他接着说的是："我改抽'白面儿'啦。"白面儿就是海洛因，比鸦片的毒害更大。

《茶馆》：
怎么写对话？

每次演到这儿，观众席就会爆发哄堂大笑。老舍说，这句台词可不是虚构的，他真从这类人嘴里听到过。但接下来的这段台词和表演，则是老舍按照人物性格设计的。只见唐铁嘴边说边掏出一支烟来演示："你看，哈德门烟是又长又松，一顿就空出一大块，正好放'白面儿'。大英帝国的烟，日本的'白面儿'，两大强国侍候着我一个人，这点福气还小吗？"这时候，观众席的哄笑声就更响了。这几句话，把唐铁嘴这个人的无知、无耻，推到了顶点。老舍能让真实素材和虚构完美融合，是因为他摸到了人物性格和生活经历的底。

第二步：想清楚按照剧情需要人物该说什么

完成了人物设定，对话的基础就完成了，该进行第二步了。从内容上，要想好按照剧情需要他该说什么。从人物性格上，要知道他会怎么说，会用什么样的语气和词汇。老舍有一个判断标准，叫"话到人到，开口就响",就是这个人物一张嘴,台词立刻就能表现性格,可以让观众看出他是个什么样的人来。这个标准很高,咱们不一定能达到,但可以朝着它努力。

在第一幕开头,有个支线情节:两伙流氓闲汉为了抢只鸽子要打群架,来茶馆里谈判。耿直的常四爷挖苦了他们几句,和里面一个叫二德子的打手差点儿动手。

常四爷一张嘴就说:"反正打不起来!要真打的话,早到城外头去啦;到茶馆来干吗?"他见多识广,看不起这些虚张声势的人。而且他有话直说,不在乎被人听到。

果然,一个路过的叫二德子的打手听见了,横着膀子凑过来质问他:"你这是对谁甩闲话呢?"这是流氓挑衅的威胁套路。

常四爷没怕,在一旁的松二爷倒怕了,他是个文弱胆小的人,但为了朋友,还是出来劝架,所以说话是结结巴巴的套近乎的语气,他是这么说的:"我说这位爷,您是营里当差的吧?来,坐下喝一碗……"这句话还有个用处,点出了二德子的身份,他是一个当兵的。

而常四爷只是轻蔑地打量了二德子几眼,说:"要抖威风,跟洋人干去,洋人厉害!英法联军烧了圆明园,

《茶馆》：
怎么写对话？

尊家吃着官饷，可没见您去冲锋打仗！"一句话就直戳二德子的短处。

你读《茶馆》剧本时，可以留意一下：常四爷在和他看不上的人说话时，不管对方是有钱、有拳头还是有枪，总是用反问句和否定句，语气很重，一点儿也不含糊。

二德子恼羞成怒，说："怎么着？我碰不了洋人，还碰不了你吗？"边说边要动手。这句对话真是精彩，只有像他这种头脑简单、既不讲理又欺软怕硬的人才说得出来。

我讲了这么多，其实，这几句短短的台词，在戏里也就一分钟。整部《茶馆》里，每个人的对白都是这样，千人千面，个个不同。

另外，《茶馆》里还有一人千面的人，就是王利发。这是什么意思呢？因为他身为掌柜的，为人小心圆滑，谁也不敢得罪，所以见什么人说什么话。他的房东秦仲义来了，他说的是："坐一坐！有您在我这儿坐坐，我脸上有光！"真是百般小心奉承。唐铁嘴在他这里白喝茶，他一见唐铁嘴进来就说："唐先生，你外边遛遛吧！"语气不耐烦，但又很客气地称呼"唐先生"。王利发并不是势利眼，他看不起的是唐铁嘴的人格，但作为生意人，他又不敢得罪人。这种语言中的矛盾，就是他身份和性格之间的矛盾。

我们还得注意一个细节：随着剧情的时间推移，人物的性格也是向前发展的。到最后一幕，王利发70多岁了，反而不像年轻时那么谨慎。邪教徒和地痞流氓威胁他，要他在当天晚上之前劝康顺子跟他们走。王利发只是淡淡地反问："万一我下半天就死了呢？"这听着好像是在开玩笑，但我们知道，他是下决心宁死不从，所以他现在不怕了。不过，王利发说话的习惯，始终和常四爷不一样，他的态度是不明说，话里有话，即使到最后也是这样。

老舍谈话剧写作的时候，一再提醒读者：人物不是作者的话筒。对话要表现的，不是作者的思想，而是剧中人的思想。写对话不仅要做到像，符合人物的风格，而且还要精练和准确，这样才能"开口就响"。

《茶馆》：
怎么写对话？

第三步：注意语言的音乐性

写好对话的第三步，是要注意语言的音乐性，因为话剧是要在舞台上表演出来的。老舍写剧本的时候，是一面出声念念有词，一面落笔。他还会模拟不同性格的人，一会儿提高嗓门学急脾气的人，一会儿尖着嗓子学女性角色，手舞足蹈的。写完之后，他还要朗读许多遍，边念边修改。他还会和演员们一起修改，目的就是让每句话都是口语化的。

口语化的对话和书面文字很不一样。中国话是有声调的，不同声调的字组合起来，有不一样的音乐感，有的好听，有的别扭，这里面有一套很复杂的规则。但是要辨别音乐感的好坏，最简便的方法，就是自己读一读。

你可以记住用三步走完成对话：首先，设计好人物的经历和性格；然后，用符合人设的简练的语言，让他"开口就响"；最后，把写好的对话读一遍，看看是不是读着通顺，听着悦耳。如果你想试着写自己的小剧本，设计人物、写好对话是基本功。

《断魂枪》：老舍的文字好在哪里？

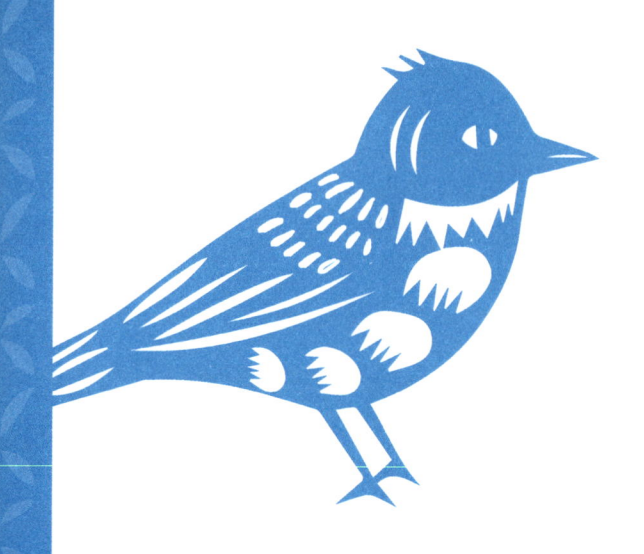

老舍的小说好，首先就是文字好。

中文是世界上最美丽的语言。在古代，文学形式主要是诗词，是文言写成的古文，虽然精美，但还不是人们嘴里说的白话。从老舍这一代作家开始，书面文字和白话口语结合起来了，这就是白话文。但白话文不等于大白话，它有自己的审美标准。白话文的典范，就是老舍的文体：它既活泼又精致，既简洁又丰富，适合大众的审美。这一讲，咱们来读一篇老舍的短篇武侠小说，名字叫《断魂枪》。我尽可能保留原文的描写。

神枪沙子龙

沙子龙过去是开镖局的。保镖就是武装押运，但这时已经有了火车和手枪。过去，谁不晓得沙子龙是短瘦、利落、硬棒，两眼明得像霜夜的大星？在西北一带，"神枪沙子龙"五个字，没遇见过敌手。如今，他的镖局改了客栈，总不练武，人也胖了。

还是有一伙练武的少年时常来找他。他们自称"神枪沙子龙"的徒弟，虽然沙子龙并不承认。没钱的时候，他们就上沙老师那里去求。可是想讨教一个招数，沙老师会直接把他们赶走。他们还是到处为沙老师吹嘘，说他一拳就砸倒了个牛，一脚把人踢到房上去，并没使多大的劲儿！他们谁也没见过，但说着说着，就相信这是真的了，有年月，有地方。

沙子龙镖局的大伙计王三胜，这一天在土地庙拉开卖艺的场子，摆好了家伙，叉着腰念了两句："乡亲们，王三胜不是卖艺的；玩艺儿会几套，西北路上走过镖。现在闲着没事，拉个场子陪诸位玩玩。有爱练的尽管下来，神枪沙子龙是我的师傅；玩艺地道！诸位，有愿下来的没有？"他准知道没人敢下来，他的话硬，可是那条钢鞭更硬，十八斤重。

说完，他把大刀靠了身，眼珠努出多高，脸上绷紧，

《断魂枪》：老舍的文字好在哪里？

胸脯子鼓出，像两块老桦木根子。一跺脚，刀横起，大红缨子在肩前摆动。削砍劈拨，蹲越闪转，手起风生，忽忽直响。忽然刀在右手心上旋转，身弯下去，四围鸦雀无声，只有缨铃轻叫。

这一段，老舍是很生动地在写三胜的功夫好，目的是衬托后面那个功夫更好的。他舞完这一套，人群只"稀稀的扔下几个铜钱"。

西北角上一个黄胡子老头儿，用嘲讽的语气说："你——有——功——夫！"

王三胜看出这老家伙有功夫，脑门亮，眼睛亮。眼眶虽深，眼珠可黑得像两口小井，闪着黑光。作为沙子龙手下的大将，他不怕，说："下来玩玩，大叔！"

有热闹看，刚才散去的人全回来了，邻场耍狗熊的无论怎么敲锣也不中用了。"三截棍进枪吧？"王三胜要看老头子一手，三截棍不是随便就拿得起来的家伙。

老头子拾起家伙来。他的黑眼珠更深更小了，像两个香火头，随着面前的枪尖儿转，王三胜忽然觉得不舒服，那俩黑眼珠似乎要把枪尖吸进去！为躲那对眼睛，王三胜耍了个枪花。老头子的黄胡子一动："请！"王三胜一扣枪，向前躬步，枪尖奔了老头子的喉头去，枪缨打了一个红旋。老人的身子忽然活展了，将身微偏，让过枪尖，前把一挂，后把撩王三胜的手。"啪、啪"两响，王三胜的枪撒了手。场外叫了好。

　　请注意，这一段描写是很刺激的。老舍开篇提到沙子龙的眼睛，这里又写老者的眼睛，为什么？武术家的精魂就在眼睛上，他们一动上手，眼神就像野兽一样。老舍写他的黑眼珠深邃得能把枪尖吸进去，就写出了一种神秘的魅惑力。老舍用的都是强烈的短句，像动作片的快速镜头一样，目的是表现武术家的气魄和敏捷，一句就是一个动作。《水浒传》里武松"血溅狮子楼"的句子，也是这样又短又急促。老舍是不是借鉴了呢？很可能。小说家的功夫，就是这样一代代传下来的。这种运用语言的法则，就像画画的时候运用颜色，根据情绪选择颜色。

《断魂枪》：
老舍的文字好在哪里？

孙老头向沙子龙求学枪法

老头一连把王三胜的枪打落了两次。王三胜擦着汗说："姓王的服了！可有一样，你敢会会沙老师？"

"就是为会他才来的！"老头子的干巴脸上皱起点来，似乎是笑。老头自称姓孙，河间人。在清末时，河北沧州河间一带，是民间武术之乡，号称"把式窝子"。老舍掌握这么多细节，是因为他练过拳，认识不少武术家。

我们接着说王三胜。他找到客栈，知道老师不爱管这种事，但这次人家在庙会上点名叫阵，沙子龙还能丢这个脸吗？去的时候，沙子龙正在床上看《封神榜》。这个情节是有用的，一方面表现出沙子龙不练武了，生活很悠闲；另外，有的武术家很像狮子，平常好像很懒散，但一动手就风驰电掣。沙子龙的这个姿态，和小说的最后有对应。

王三胜故意激他说："姓孙的一个老头儿，门外等着老师呢；把我的枪，枪，打掉了两次！"他知道"枪"字在老师心中有多大分量。这里我要插一句，王三胜为什么知道？这背后一定有很多故事，而老舍就写了这么一句，让我们自己"脑补"。

孙老头进来，两个老人彼此拱手坐下。孙老头说："我来为领教领教枪法！"

沙子龙没接碴儿，推辞说自己功夫早搁下了。

孙老者说："不比武，教给我那趟五虎断魂枪。"又立起来说，"我练趟给你看看，看够得上学艺不够！"一屈腰已到了院中，打了趟查拳，腿快，手飘洒，而精神贯串到四面八方。

沙子龙连声赞叹，抱着拳说："那条枪和那套枪都跟我入棺材，一齐入棺材！"

"不传？"

"不传！"

孙老者的胡子嘴动了半天，没说出什么来，到屋里抄起蓝布大衫，拉拉着腿："打搅了，再会！"

我这一段转述，压缩了一部分内容，但我们还是能看出来：孙老者的个性很强，一点儿不像老年人，他脾

《断魂枪》：
老舍的文字好在哪里？

气火爆，争强好胜，是个说一不二的人。像这回一共要求了三四次比武或者学枪，甚至还打了一套拳当报名费，对他来说有点儿屈辱。最后胡子嘴动了半天，本来还想再说，但又绝望了。因为沙子龙虽然有礼貌，可态度坚决，沙子龙也是说一不二的。

从此，少年们不再为沙子龙吹了；反之，他们说沙子龙栽了跟头，不敢和个老头儿动手；那个老头子一脚能踢死个牛。"神枪沙子龙"慢慢地似乎被人们忘了。

只有夜静人稀，沙子龙关好了小门，一气把六十四枪刺下来；而后，挂着枪，望着天上的群星，想起当年在野店荒林的威风。叹一口气，用手指慢慢摸着凉滑的枪身，又微微一笑："不传！不传！"

老舍锤炼文字的功夫

这个结尾七十几个字，信息量可太大了，像一首侠客诗。夜静人稀，关好小门，是绝对不让别人看到。然后，那套从小说开头人人都惦记的枪法终于露面了。虽然平常又懒散又胖，像加菲猫，但六十四枪一气刺下来，宝刀未老。这告诉我们：不要以为他是怕孙老头，沙子龙的武术修养要更高一个层次。他回忆当年野店荒林的威风，一下子把时间带到过去，让我们"脑补"出一场厮杀。然后，他叹一口气，微微一笑，又把追忆和想象拉回到了现在。这背后的心情，是既骄傲又寂寞的，而这种寂寞又是他自己选择的。在小说结尾的地方，两个"不传"后面都是惊叹号——要体会这种复杂的心情，对你来说可能有点儿早。这需要一定的生活阅历：沙子龙为武术付出了毕生的精力，但发觉时代已经变了，必须无奈地接受它的消亡。

　　老舍写了一篇武侠小说，也向我们展示了锤炼文字的功夫。中文向来追求形式简练，含义复杂，五言七言的古诗就是一种极致。这篇小说也是一个极致。老舍自己也对这篇《断魂枪》的简练利落比较满意，因为他付出了很大代价。这篇不到5000字的小说，是他从原打算写的一部名叫"二拳师"的长篇武侠小说那10万字的材料里节选下来的精华。老舍说："他们的一切都在我心中

《断魂枪》：老舍的文字好在哪里？

想过了许多回，所以人物能立得住。小说才能全篇从从容容，正合适。"这值不值得呢？老舍说："不吃亏，提出最好的一段，这叫宁吃仙桃一口，不吃烂杏一筐。"人们总说，好文章是删出来的，删减标准就是：凡是可说可不说的话，一律不说。每句话到最后，要达到难以再删掉一个字的程度。把文章写长并不难，写得既短又精彩，才是真功夫。《断魂枪》是一个好故事，更是一篇好文字。我们这一讲，就是体验美丽简洁的文字是什么样的，是怎么来的。

下一讲，咱们来看看老舍是怎么观察生活、观察写作对象的。

《北京的春节》:学会观察生活

这一讲，我要借人教版六年级课本中的《北京的春节》，来和你聊聊：该怎么观察生活，怎样描写生活。

一个人喜欢写的生活，通常也是自己最熟悉、观察最细的生活。这篇课文的题目，就包含了老舍最喜欢写的两类对象："北京"这个地方和"春节"这个节日。老舍说："我们所最熟习的社会与地方，不管是多么平凡，总是最亲切的。我们对于它就像对自己那么熟悉。亲切才能产生好作品。"因为熟悉了以后，你知道其中什么是重要的，你就知道哪些细节能体现它独特的一面。

老舍笔下的春节

在老舍所生活的年代，人们对春节的感受比今天要强烈得多。那时候，普通人家的孩子只有春节时才能穿新衣服，才能吃到饺子和零食。大人们也一样，只有在春节才能彻底休息一段时间。所以，过去的春节，时间比现在长，正式的节日假期，从除夕晚上开始，至少要持续到元宵节。在这期间，街上的店铺都不正式开门；但是天天有庙会，也就是节日的集市。老舍说，春节在正月十九结束。"腊月和正月，在农村社会里正是大家最闲在的时候"，因为春耕还没有开始，"过了灯节，天气转暖，大家就又去忙着干活了"。

春节筹备的序幕，是从腊月初八拉开的。文章里有这么一段话："腊八这天还要泡腊八蒜。把蒜瓣在这天放到高醋里，封起来，为过年吃饺子用。到年底，蒜泡得色如翡翠，而醋也有了些辣味，色味双美，使人要多吃几个饺子。在北京，过年时，家家吃饺子。"

对北方人来说，吃饺子不就蒜和醋，等于是惩罚。所以，小时候的老舍当然一进了腊月就开始盼望过年的饺子，一看到腊八蒜就开始馋。当然，中国这么大，春节的气氛相同，各地具体的气候、风俗却都不同。可能一说到春节，四川的孩子，想到的是煮腊肉的香气；广

《北京的春节》:
学会观察生活

州的孩子，想到的是卖鲜花的市场……但是，北京的冬天很冷，在老舍那个年代，只有富贵的人家才能在春节摆几盆梅花，普通人家想要见一点儿绿色，会养一盆青蒜，再就是泡腊八蒜了，所以老舍写它是"色如翡翠"，不只好闻，而且好看。

从微小处观察生活

说到这里，我要告诉你观察生活的一个好办法，就是从最直接、最微小的事物开始。事物虽然小，但是它会像一句咒语一样，直接唤醒你的记忆，帮助你进入状态。

从腊八蒜开始，老舍写到了人。他说："儿童们忙乱，大人们也紧张。他们须预备过年吃的使的喝的一切。他们也必须给儿童赶快做新鞋新衣，好在新年时显出万象更新的气象。"

老北京的春节有两个民俗。第一个为的是祈求来年家庭和睦，过了除夕，绝对不能吵架拌嘴，也不能打孩子。孩子平常穿得再破旧，也要尽量添置一身新衣服，这当然都让孩子们开心啦。

另一个民俗是文章里说的，"除夕把一切该切出来的东西都切出来，省得在正月初一到初五再动刀，动刀剪是不吉利的"。老舍半开玩笑地说，"它也表现了我们确是爱和平的人"。按照过去的民俗，这几天不光不动菜刀，也不倒土，也就是不扔垃圾，说是以免倒掉了福气。但是你别当成迷信去理解，这后面有一个原因：不动菜刀就不用做饭，不倒垃圾是因为不需要打扫卫生。因为按传统，春节前就要"扫房"，也就是彻底的大扫除。以这个习俗的名义，可以让操劳了一年的奶奶和妈妈们休息几天。所以，春节在日常生活中的含义，是让紧张劳碌了一年的人们，以"老规矩"的名义，好好放松放松。

你看，只有生活在这种氛围里，才能深切地体会这些细节中包含的情绪、隐藏的道理。老舍写到的几个民俗，都不是随便选的，而是最能准确反映春节状态的。

而临时拼凑起来的细节，是反映不了生活本质的。对于不熟悉的生活，老舍说：如果只到一个地方参观几天，开个座谈会，回去就写出一部戏来，那生活准备肯

《北京的春节》：
学会观察生活

定不够，只能东拼西凑，肯定写不好。

在老舍小时候，北京有一段时间叫北平。老舍说："我真爱北平。我所爱的北平是整个儿与我的心灵相黏合的一段历史，一大块地方……积凑到一块，每一小的事件中有个我，我的每一思念中有个北平。"因为最爱，所以他写得最好。

因此，我对你作文选题的一个建议是：永远优先选最喜爱、最熟悉的生活，尽可能在熟悉的领域发挥你的想象力。

对生活保持好奇

不过，想象的基础是观察，人几乎想不出在现实中找不到任何痕迹的东西。想象的过程，主要是对现实进行变形和拼接。真实世界的复杂程度和惊人程度，远远超过任何一颗大脑的容量，只要学会观察，想象就不会枯竭。能写出好的生活场景的人，一定对生活保持着好奇，能观察出别人看不到的东西。

老舍对自己喜欢的那些童年事物，观察得非常细腻，几十年后写，还是兴致勃勃的。比如，他写元宵节的习俗："有名的老铺都要挂出几百盏灯来，有的一律是玻璃的，有的清一色是牛角的，有的都是纱灯；有的各形各色，有的通通彩绘全部《红楼梦》或《水浒传》故事。这在当年，也就是一种广告；灯一悬起，任何人都可以进到铺中参观；晚间灯中都点上蜡烛，观者就更多。这广告可不庸俗。"这一段写得有色彩，有质地，有光影。老舍这时候虽然50多岁了，但还是充满了童心。看了这一段之后，你应该能够体会到，这些习俗的背后，有一种生机勃勃的生活。一家老店铺能挂出几百盏华美的牛角灯，是因为他们在这里存在了很多年。这些灯也用了很多年，不是临时性的，已经成为街坊邻里生活和节日的一部分，这和他们的经营是融为一体的。这里面还包含着人情：他们在灯节里，为街坊们精心准备了华美的灯，平常的日子，也一定不会缺斤短两、以次充好，因为大家要在一起生活很久。生活不仅应该是好玩儿的，也应该像这样，是美的。人们的日常劳作越是辛苦，就越珍惜欣赏美的机会。老舍在观察和回忆这些风俗，也是在怀念这些生活中的韵律。

《我的母亲》：学会用语言表达情感

判断一篇文章好不好，有一条优先标准，就是看这篇文章是不是饱含真实的感情，能不能唤起读者的情感。只要它能，那就是好文章。老舍文章里，感情最强的一篇叫《我的母亲》，发表于1943年。当时老舍在重庆参加抗战，得知了母亲在北平去世的消息。老舍从小失去了父亲，和母亲相依为命，所以母亲的离去对老舍来说，是一件无比悲伤的事情。那么，这篇文章是不是用尽了催人泪下的文学手法，写得特别悲哀呢？要是那样写，就不是老舍了。我们下面来说说老舍是怎么写的。

母亲的性格和特点

文章的开头几段很平实。开篇就像拉家常，老舍冷

《我的母亲》：
学会用语言表达情感

静地介绍了母亲的娘家是一个普通的农户。母亲勤俭诚实，身体很好，很早就出嫁了。他出生时，大姐已经结婚了，老舍的大外甥女比他还大一岁。从老舍一岁半开始，家里的孩子全靠母亲独立抚养。

世界上的情感，没有无缘无故的。写"我的母亲"这样的题目，不能只说自己多么爱母亲，这样没有感染力，因为每个人都爱自己的母亲。咱们还要具体讲述母亲身上值得敬爱的地方。在这里，老舍开始一层层递进，介绍母亲的性格和特点。

首先，他的母亲最能吃亏，对谁都有求必应，从来不做对不起别人的事。"做事永远丝毫也不敷衍，就是屠户们送来的黑如铁的布袜，她也给洗得雪白。"老舍的姑妈也住在他家，这是旗人家庭的规矩。老舍的这个姑妈，抽鸦片，爱赌博，脾气还特别坏，是家里的阎王。老舍说："我可是没有看见母亲反抗过。"老舍的母亲觉得自己命当如此。老舍开头写得平，但不是没有爱憎，他有这么一句："直到我入了中学，她才死去。"他要是写自己敬爱的长辈，绝不会写"才死"这话，是不是？有的作家写自己尊敬的老人，会说："很多年没见到他，现在应该有一百岁了吧。"人的寿命很少达到一百岁，这么说，是希望他长寿的意思。

老舍母亲的第二个性格特点，是自尊心很强。老舍从小跟在母亲、姐姐屁股后面转，跟她们学会了爱花、爱清洁、守秩序。"有客人来，无论手中怎么窘，母亲也要设法弄一点东西去款待。"无论多么贫穷，她仍然坚持这样的生活习惯和礼仪，这是尊重自己也尊重别人的表现。

老舍怕读者误会母亲性格软弱，又立刻揭示出她的第三层性格特点：勇敢刚毅。在八国联军侵入北京时，"皇上跑了，丈夫死了，鬼子来了，满城是血光火焰，可是母亲不怕，这种时候，她的心横起来，不慌不哭。她要在刺刀下，饥荒中，保护着儿女。"老舍把这称为"软而硬的个性"。你要知道，母爱既有温柔的一面，也有刚强的一面。当孩子面临危难时，母亲是什么都不怕、什么都能牺牲的，这时候，她们比任何男人都强大。

老舍说过，他一生中有过很多的老师，但母亲是最重要的一位。他的性格、习惯，是母亲传给他的。母亲

《我的母亲》：
学会用语言表达情感

给予他的是生命教育。这让我们知道：他们母子之间，不仅仅是养育之恩，在人格上也密不可分。你看，老舍逐渐用事情来告诉我们，他的母亲既平凡又伟大，对他来说多么重要。

老舍与母亲的一件事

然后，老舍很简练地记述了一件事，是关于他和母亲两个人的。三姐出嫁以后，家里只剩下他们俩了。"新年到了，正赶上政府倡用阳历，不许过旧年。除夕，我请了两小时的假。由拥挤不堪的街市回到清炉冷灶的家中，母亲笑了。及至听说我还须回校，她愣住了。半天，她才叹出一口气来。到我该走的时候，她递给我一些花生，'去吧，小子！'街上是那么热闹，我却什么也没看见，泪遮迷了我的眼。"

我解释一下，当时的民国政府，出台了一些偏激而不现实的政策，比如，认定传统节日是落后文化，曾经取消过春节。好在这件事的结局，不算太凄凉，老舍在另一篇散文里写过。他那天返回师范学校以后，遇到一位通情达理的老师笑着对他说："你还是回去吧。"让他回家陪母亲过年。老舍说："这一笑，永远印在我心中。假如我将来死后能入天堂，我必把这一笑带给上帝去看。"老舍写这件事，是告诉我们：他和母亲一起经历了怎样的痛苦、贫穷、凄凉和寂寞。

直到这里，老舍一直在压抑悲痛，叙述都是平铺直叙的。我可以肯定，他这是故作镇定，恐怕从写下第一句话开始，他就悲痛得握不住笔了。

我们的感觉是从比较中来的。如果从一开头就写得呼天抢地，读一会儿我们就麻木了。但是到这里，老舍绷不住了，他说："今天，泪又遮住了我的眼，又想起当日孤独的过那凄惨的除夕的慈母。可是慈母不会再候盼着我了，她已入了土！"因为有了前面的平实，这里的几句悲叹，才特别动人。我倒不是说这是老舍的有意设计，按照他从母亲那里继承来的"软而硬"的性格，他表达情感的方式是深沉的。

但这也可以成为一种写作技巧：你想要用一种情绪

《我的母亲》：
学会用语言表达情感

感染读者，可以在它之前铺设一段相反趋势的叙述，前面压得越久，后面的反弹越强，给人的震撼也就越大。

积攒力量，通向情感爆发

散文的最后几段，老舍一直在自责。为什么呢？因为23岁那年，他坚决抗拒母亲为自己定亲。后来，母亲希望他留在身边，他又去英国留学。抗战爆发后，他不愿意留在沦陷区陪着母亲和家人，参加了抗日。老舍说"儿女的生命是不依顺着父母所设下的轨道一直前进的"，他很清楚地知道，虽然让母亲伤心，但他追求知识、热爱国家民族的这些选择是没错的。同时，当他听说母亲过生日，因为惦记他，很早就沉闷地睡下了，他心里又是说不出的难过。所以说，人的感情是复杂的。它最矛盾的地方，就是有时和正确的道理不兼容。

到后来，老舍都不敢拆家里写来的信了，老母亲这时已经八十几岁了，抗战还不知道打到什么时候。老舍说:"人即使活到八九十岁,有母亲便可以多少还有点孩子气。失了慈母便象花插在瓶子里,虽然还有色有香,却失去了根。"他说这些话,是感慨,也是和自己兜圈子,就是不愿意明说已经预感到母亲不在世了。另外,他写回去的信,也迟迟得不到答复。这一段话,弥漫着不祥气氛。这虽然也不是有意设计的悬念,但却又开始积攒力量,通向最后的结局和情感爆发。

这天,当他接到家里新近的一封信时,到晚上才鼓起勇气打开,这封信证实:母亲已经去世一年了!

在老舍的这一整篇文章里,见不到什么修辞技巧。因为在最真挚、最强烈的情感面前,花哨的文字是苍白的。你可能会问:最后对那个情感高潮的描写,一定很动人吧?你可能要失望了,结尾初看是相当平凡的,是这样的:"她一世未曾享过一天福,临死还吃的是粗粮。唉!还说什么呢?心痛!心痛!"这是为什么啊?因为老舍如此深爱母亲,最后几年却没能陪在母亲身边,他这时太痛苦了,太自责了。这位文学大师,此时失去了语言能力。这个没有文采的结尾,是真实的,也是真诚的。

《猫》：学会写一只猫

练习写作文的本领就像拼智力积木，不要着急，我们可以先从凑齐零件开始，一步步来。我们这一讲先来说说，老舍是怎么写一个事物的。这篇文章叫《猫》，你可能有印象，它是人教版四年级教材的课文。

已识乾坤大，犹怜草木青

　　我先问你一个问题：你猜老舍为什么写猫？答案很简单，他喜欢猫啊。他养过很长时间的猫，其中有一只叫"小球"的猫，他在很多文章里都提到过。一个人要总是提自己的一件东西，那肯定是特别喜欢，总想"晒一晒"。

　　那么，我再问一个问题：老舍为什么喜欢猫？你可

《猫》：
学会写一只猫

能觉得喜欢猫好像不用理由，但其实是有的。老舍不只是"猫奴"，他还喜欢养鸽子、养花，也为它们写过很多篇散文，还专门写过西红柿、花生这些非常小的东西。不只是老舍，很多大作家、大画家都喜欢描绘生活中很小的事物，你应该有印象，国画大师齐白石也喜欢画小鱼小虾、蔬菜水果这些小物件。这是为什么呢？

其实原因就在于，他们热爱生命。小动物的自然和可爱，让他们感受到了生命的宝贵，生命带给人的喜悦。有句话叫"已识乾坤大，犹怜草木青"，就是说一个人越是知道世界有多么伟大、多么复杂，就越会珍惜生活中的一草一木。老舍认认真真地去写一只小猫，就是要告诉我们这一点。

老舍笔下猫的天性

下面，咱们就来说说老舍到底喜欢猫的哪些特点，他又是怎么写的。

这篇散文只有近1500字，课本里选了一半，我主要介绍课本里没有选的段落。

老舍说："猫的确是倔强。看吧，大马戏团里什么狮子，老虎，大象，狗熊，甚至于笨驴，都能表演一些玩艺儿，可是谁见过耍猫呢？这种小动物确是古怪。不管你多么善待它，它也不肯跟着你上街去逛逛。它什么都怕，总想藏起来。可是它又那么勇猛，不要说见着小虫和老鼠，就是遇上蛇也敢斗一斗。它的嘴往往被蜂儿或蝎子螫的肿起来。赶到猫儿们一讲起恋爱来，那就闹得一条街的人们都不能安睡。它们的叫声是那么尖锐刺耳，使人觉得世界上若是没有猫啊，一定会更平静一些。"

这一段，都是对猫的自然天性的观察。他不要求猫按照自己的喜好来，不要求它们变得像狗那样可以带出去遛，什么时候都安安静静的。因为猫没有和狗一样的群体本能。老舍也绝对不会因为怕猫乱抓东西，就把它的指甲剪掉。

这个问题他是反思过的，他在另一篇文章里说：我很爱小动物们。我的这种爱，到底对被爱的有什么好处，不敢说。它们是被养着好呢，还是自由的活着好呢？也

《猫》：
学会写一只猫

不敢说。鸟兽们自由的生活着，未必比被人豢养着更快乐。鸟啼绝不是为使人爱听，更不是以歌唱自娱，而是占据猎取食物的地盘的示威；鸟类的生活是非常的艰苦。兽类的互相残食是更显然的。

这是很讲道理的态度，真正喜爱动物，首先要对自然界抱着尊重和顺应的态度，不应该按照自己的爱好去扭曲自然的事物。

从这个道理出发，我们要知道：写客观事物的时候，要承认它是文章的主角，是一个独立的存在，首先对它进行客观的观察。先说清楚它"就是什么样"，而不能说"我觉得它应该什么样"，不然，那就是在写童话了。

老舍对猫的抒情描写

在真实描述的基础上，我们可以开始加进来一些抒情成分了：自然界虽然没有人类的情感，但我们有啊。比如老舍写的这一段："（母猫）生下两三个棉花团似的小猫啊,你又不恨它了。它是那么尽责地看护儿女,连上房兜兜风也不肯去了。郎猫可不那么负责,它丝毫不关心儿女。它或睡大觉,或上屋去乱叫,有机会就和邻居们打一架,身上的毛儿滚成了毡,满脸横七竖八都是伤痕,看起来实在不大体面。好在它没有照镜子的习惯,依然昂首阔步,大喊大叫,它匆忙地吃两口东西,就又去挑战开打。"

母猫抚养幼崽,是生理本能,但又让人感受到母性,觉得可敬,这是很自然的。老舍不会过度地抒情,说"母猫多伟大啊",只是说它尽责,不离开小猫去兜风。作为对比,他后面写公猫"不负责任",这是开玩笑的说法,公猫的行为和母猫一样是出自天性。猫没有那么复杂的大脑,更没有进化出社会责任感来。而且老舍把公猫们写得像小男孩儿,写得很可爱。

七分写实,三分抒情,是一个很好的比例,能让文章显得有趣,让读者产生感情共鸣。写文章就像做菜,抒情就像放糖,究竟该放多少,因口味而异,但最好是不要过于强烈、过于空洞地抒情,那会让你写实的部分也变得不可信。

《猫》：
学会写一只猫

对于事物的描写，老舍有一句口诀叫"连东西带话一齐来"。这是什么意思呢？就是事物自己是不会说话的，我们要找到一种合适的语言去替它说话。什么才是合适的语言呢？就是能表现它给你的感觉的语言。

猫的特点是可爱、灵敏、变化多端。老舍写猫，就用了自然、通俗的语言，他是这么写的："它要是高兴，能比谁都温柔可亲：用身子蹭你的腿，把脖儿伸出来要求给抓痒，或是在你写稿子的时候，跳上桌来，在纸上踩印几朵小梅花。"

首先，前提是"要是高兴"，这就是猫的性格，不可捉摸，独立意识很强。然后，他写猫的声音是"它还会丰富多腔地叫唤，长短不同，粗细各异，变化多端，力避单调。在不叫的时候，它还会咕噜咕噜地给自己解闷"。这段观察，对猫的行为特点抓得就非常准。

老舍这段话的情感是轻松、怜爱的，也是为猫量身定制的语气。这么写狮子、老虎可就不行了，虽然它们也是猫科，很多习性和家猫一样，但它们是自然界的统治者，站在整个食物链的顶端。比如，"探索频道"播过的一部叫《狮王之路》的纪录片里，是这么说的："这对雄狮兄弟的挣扎求生过程，有前所未见的暴力攻击行为，手段非常凶残，它们占领第一块地盘就是浴血大屠杀的开端。"用的是严肃和沉重的口吻，就像在讲述一场战争一样。

就目前来说，你的任务是掌握"怎么写一个事物"这样的作文零件。你可以从最喜欢的东西写起，人对自己喜欢的东西最熟悉，观察得也最细致。你可以像老舍这样，为它建立一种"连东西带话一齐来"的语言，让你的老师和同学都能感觉到你为什么这样喜欢它。

下一讲，我们来说老舍是怎样写客观环境，怎样写景物的。

《离婚》《济南的冬天》……
学会写一片风景

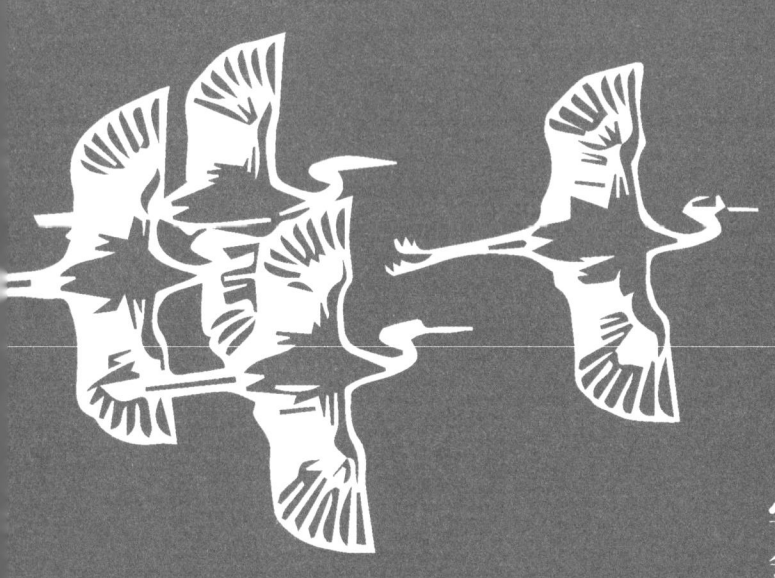

上一讲我们说了怎么写一个事物。当你学会了怎么写一棵树，你就该试着把树组成树林，来写风景了。老舍是写风景的顶尖高手。

但你可能会疑惑：写出来的风景和客观世界的风景有什么不一样吗？有的。如果写风景只是呈现客观风景，我们掏出手机来，拍张照片就好了，为什么还要再费一遍力气使用文字呢？文章里写风景，实际是在写人，是写这个人对环境的感觉。也就是说，在他此时的心态下，这片风景是什么样的。

老舍是怎么用风景写人的

下面，咱们来看老舍的长篇小说《离婚》里的两段

《离婚》《济南的冬天》：学会写一片风景

景物描写，看看老舍是怎么用风景来写人的。

第一段是这样的："太阳还没出来，天上浮着层灰冷的光……染上些无力的红色；太阳似乎不大愿意痛快的出来。及至出来，光还是很淡……"我们能感觉出来，这是个冬天的早晨。日出的寓意本来是希望，但在主人公眼里，它是阴冷的，让人沮丧的。写完远景和自然光线，他的目光开始往近收，看到沿途的湖上"已薄薄的冻了一层冰，灰绿上罩着层亮光。桥下一些枯荷梗与短苇都冻在冰里，还有半个破荷叶很象长锈的一片马合铁"。你看，灰绿的、长锈的、枯萎的，他眼里的一切都这么死气沉沉。然后主人公进了市场，他看到"猪血与葱皮冻在地上；多少多少条鳝鱼与泥鳅在一汪儿水里乱挤，头上顶着些冰凌，泥鳅的眼睛像要给谁催眠似的瞪着。乱，腥臭，热闹……人的生活，在这里，是屠杀，血肉，与污浊……切糕上的豆儿，切开后，像一排鱼眼睛，看着人们来吃"。这已经让我们开始恶心反胃了。前面讲的《北京的春节》，同样写集市，写冬天，就是生机勃勃的，春联是鲜红的，灯上画满彩绘，各种吃食都带着诱人的色泽和香味。

这里为什么就写成这样了呢？因为这个主人公现在看什么都不顺眼。他对自己的生活特别不满意，他是一个知识分子，妻子是家里给包办的，有人劝他把妻子和孩子从乡下老家接来，他不愿意，但又不能离婚，觉得自己的生活没有什么意义。我们看这段景色就感觉出来了，他这一路上，是在闹脾气呢。

这一段是小说第三章的开头。小说开篇就像电影的第一个镜头，通常不会拍人，而是会先拍一段景色，任务不是拍得美，而是为人物提供活动场景。场景是故事的一部分，它和人物是配套的。就像格斗类电子游戏里，每个角色的主景，都代表人物的气场。

用景物传达作者的情绪

我们来看看古诗。古诗像代数一样，景物和情绪之间有准确的对应。我们可以回忆一下，诗里出现柳树，那就是依依惜别的场面，汉代、唐代的人有个习俗，送

《离婚》《济南的冬天》：
学会写一片风景

行的时候，要折下一根柳枝作为纪念。此外月亮代表思乡之情，竹子代表君子的高洁。而老舍用同样的景物可以写出不一样的情绪来。

我们再看这部小说的另一段景物描写，也是有湖水、荷花的，是这样写的："早莲在微风里张开三两个瓣儿，叶子还不密，花梗全身都清洁挺拔，倚风而立，花朵常向晴天绿水微微的点头。""水边上的小蜻蜓，飞了飞，落在莲花瓣上；落了会儿，又飞起来。南边的大桥上，来来往往不断的人马，像张活动的图画。桥下有几只小船，男的穿白，一躬一躬的摇桨，女的藏在小花伞下面，安静，浪漫：一阵风带着荷香，从面上吹过。"是不是写得很美？它和前一段的区别不在季节，而在于这幅景象是一个少女眼里的。她今天是出来约会的，心情既快活又紧张。你看她还注意了船上约会的男女们都穿什么衣服、打什么伞，这都是少女会特意留心的。

在小说里，景色是人物的背景。在散文里，景色就是作者的情绪了。

老舍有一篇写济南的散文，叫《大明湖之春》，说这个湖是"下有黑汤，旁有破烂的土坝。风又那么野，绿柳新蒲东倒西歪，恰似挣命"。他还"吐槽"说：什么大明湖？我看"既不大，又不明，也不湖"。这篇文字写于1937年，当时中国正处于内忧外患中，城市建设也乱七八糟。老舍的心情很沉重。济南人一点儿都不记仇，后来在大明湖边，建了一座老舍纪念馆。几十年后，老舍的儿子舒乙重游这里，写下了"今日大明湖，又大，又明，又湖"。

你看，"大明湖"这三个字多简单，但它是对一片湖泊的贴切概括：水面烟波浩瀚才能叫大；湖水清澈幽深才能叫明；天下的水大多一样，看湖其实是看沿岸风景，要有好的自然人文景观才能叫湖。这三个字里，藏着两个写风景的技巧。

第一个技巧：心里先有一片景象

第一个技巧是，心里先要有一片景象。从上面这段景物描写看，写景好像是先写高后写低，先写远后写近，按照我们观察的顺序来写。但写景的规则，又不是简单

《离婚》《济南的冬天》：
学会写一片风景

的看见什么就写什么。

老舍对济南也不是只有批评，咱们把人教版七年级上册的课文《济南的冬天》找出来，有这么一段："最妙的是下点小雪呀。看吧，山上的矮松越发的青黑，树尖上顶着一髻儿白花，好像日本看护妇。山尖全白了，给蓝天镶上一道银边。山坡上，有的地方雪厚点，有的地方草色还露着，这样，一道儿白，一道儿暗黄，给山们穿上一件带水纹的花衣……等到快日落的时候，微黄的阳光斜射在山腰上，那点儿薄雪好像忽然害了羞，微微露出点儿粉色。就是下小雪吧，济南是受不住大雪的，那些小山太秀气！"

这一段雪景，老舍就不是看见什么写什么，而是先有一个整体感觉。济南是北方的江南，气质是秀气的、婉约的，不适合"千里冰封，万里雪飘"的描述。老舍这段描写里的对象和文字，都符合这个印象。白花、暗黄、粉色，这些颜色都是同色系的，连阳光也是微黄的，很柔和。你看，前面那个闹脾气的人眼里的阳光就是灰冷的。把顶着一点儿雪的树比喻成日本护士，这个比喻很细腻，松树是矮松，护士是日本的。那时候中国有一些日本医院，里面的护士都彬彬有礼、言行温柔。东北大兴安岭的冬天，气场就完全不一样了。大山里的雪有好几尺厚，松树都长得又高又直，抬头看不见树顶，连松针都绿得发黑，要是打比方，它们更像《魔戒》里的巨人。

要做到心里先有景象，你可以尝试像形容一个人一样，先用一句话把他（她）留给你最深的印象、最突出的特点总结出来，然后为这个总结找依据，发展出细节。

第二个技巧：准确描述

我们再说第二个技巧，也可以说是用词的标准。一篇好文章，不在于引用了多少名言金句，使用了多少华美的形容词——这些活儿搜索引擎都能干，而在于描述的准确。

准确就是使用最合适的语言。有人算过，老舍写《骆驼祥子》只用了不到3000个汉字，认识621个字就能看懂它。它的语言是中文的典范，流畅精确。老舍的

《离婚》《济南的冬天》：
学会写一片风景

用字这么简单，因为描写的是不识字的车夫。你看他写《济南的冬天》，用字就复杂多了，因为说话的是老舍。这篇散文用字也很准，有这么一句："一个老城，有山有水，全在蓝天下很暖和安适地睡着，只等春风来把它们唤醒。"我们可以说城市被阳光照耀着、温暖着，但老舍用一个"睡"字，就把济南城写成了有意识、有感知的主体，它在这个暖洋洋的冬天里，很舒服，很惬意。

这个普通的字，被老舍一用，就成了别人没用过的创造。他捕捉到事物的特点，选择普通的文字来准确刻画，就像武林高手用飞花落叶伤人，读起来很刺激。但是我还有一点儿额外建议：在平淡中见功夫，是传统成熟的文字经验，年轻作者，多尝试对文字进行雕琢，写得浓烈一些，鲜艳一些，哪怕怪异一些，也都是好事。

前一讲和这一讲组合起来，是我们跟着老舍学习描写客观世界，你也感觉出来了：客观世界在文章里的样子，其实是人物心理的投射。下一讲，我们就来说说老舍是怎样直接写人的。

《离婚》：学会写一个人

在记叙文里，写人是最难的，但也是最重要的。对经典文学来说也一样，判断一篇小说成败的标准，不在于故事情节是否曲折动人，而是看有没有创造出不朽的人物。我们前面说了写景，《红楼梦》创造一座大观园，为的是容纳林黛玉和贾宝玉这些人物；《水浒传》写活了林冲、石秀，它的文学魅力就大于许多传奇或武打小说。

老舍如何写"活"一个人物

老舍有一部长篇小说，叫《离婚》，他对这部小说的喜爱是超过《骆驼祥子》的。首先写作过程就很愉快，像一个跑马拉松的健将跑步，呼吸和动作均匀，一气到底；小说成品也显得格外匀称流畅。其实，原因就在于老舍的构思不是从故事开始的,而是从一个人物身上来的。他说:"我不认识他,可是在我廿岁至廿五岁之间,几乎天天看见他。他身上有一种生活趣味,我不放手他了。"

在小说里,这个人物叫张大哥,人设是这样的:50岁上下,在财政所当小官。小说开篇就写他,给出的一段段描写就像一根根钉子,把他牢牢固定住了。语言也很幽默:"张大哥是一切人的大哥。你总以为他的父亲也得管他叫大哥,他的'大哥'味儿就这么足。张大哥一生所要完成的神圣使命:作媒人和反对离婚。"

他为什么爱做媒?那个时代的做媒不是介绍对象,而是向双方家长介绍包办婚姻。一旦说成了,两个家族都要感谢他,将来他在社会上就好办事了嘛!那时的政府部门,人浮于事,全靠搞关系。从这个切入点,我们就看出这个张大哥是个精明、善于待人接物,同时也很庸俗的人。

张大哥的外貌,加固了这些特征。他脸上颇有些四五十岁的人应当有的肉,长着一对阴阳眼:左眼的上皮特别长,永远把眼珠囚禁着一半。他的衣裳,帽子,

《离婚》：
学会写一个人

手套，烟斗，手杖，全是摩登人用过半年多，而顽固老还要再思索三两个月才敢用的时候的样式与风格。老舍把他设计成一眼儿大一眼儿小，显得既沉稳又和善，没有攻击性，还老是带着若有所思的样子。其实，除了吃穿这些事，张大哥并不想别的，没什么思想。他忙于应酬，当然讲究衣着体面；可作为小官员，他又很谨慎，保持衣着既不落伍又不扎眼。

老舍建立起这么个丰满的人物之后，后面的事就好办了，他可以按照"张大哥会怎么做"的想法，牵出整条故事线来。既然张大哥自居一切人的大哥，那么，他察觉有个同事最近情绪不好时，肯定就要出来管闲事。而他这种人认为：已婚男人魂不守舍，只要把家属从乡下接到北京来就好了。他会怎么促成这件事呢？他会请同事到自己家来，招待一顿只有他这样讲究吃的人才能筹备出来的涮羊肉。小说的情节，就从这顿涮羊肉开始，一点点展开了。

描写人物的三种方法

既然描写人物这么重要，那该怎么写呢？有三种方法。

第一种就像工笔画似的，很多同学爱用，即如同写寻人启事一样，把观察到的从头到脚地写出来。这种方法的缺陷是太烦琐，人物湮没在大量细节里，让人记不住他的个性是什么。写外貌，其实只要抓住那个最能突出人设的特点就行，比如老舍只写张大哥的大小眼儿。

第二种写法，是内心戏似的，有大段大段的心理独白和幻想场景。这样的写法容易显得虚弱，而且想写得准确也很难。读者可能会不服气地问作者："他心里具体怎么想，你是怎么知道的呀？"

第三种写法，也是老舍推荐的，是戏剧似的描写法。这可不是说写剧本，而是像写剧本那样思考，也就是前面讲过的写《茶馆》、演《茶馆》的方式：先为人物安排好家世、性格、职业、习惯，这个步骤是越详细、越充分越好。真到写的时候，可以用简洁精练的语言，写出和人设一致的外貌、言行。至于怎么写对话，我们前面讲过了。老舍说："如果你觉得有一个好故事，却写不出

《离婚》：
学会写一个人

好人物，那就是因为你只知道人物在故事里做了什么，不知道他在故事外做了什么。"

知道人物在故事外做了什么

老舍这句话的意思，其实就是说你没把人设想清楚。下面，我再举个例子，我们一起来体会体会，什么叫知道人物在故事外做了什么。

在《正红旗下》里，老舍写过他的大姐夫。他的人设是一个典型的旗人，靠着朝廷的钱粮生活，没有谋生技能，整天游手好闲，大手大脚，看起来聪明，其实糊里糊涂。这样的人老舍最熟悉，拿起笔来就写。

大姐夫的相貌特征是这样的："并不太高而显着晃晃悠悠。干什么他都慌慌张张，冒冒失失。长脸、高鼻子、大眼睛，他坐定了的时候显得很清秀体面。可是，他总坐不住，像个手脚不识闲的大孩子。"这段描写虽然简单，但这个人好像就在我们面前站着，不，是就在我们面前晃悠。他已经是结婚成家的人了，当着清朝的小官，却还像个葛淘的孩子一样不消停。

他的几次出场，都合乎这些特点。第一次是他在过年的时候，自己哄自己玩儿。"他用各色的洋纸糊成小高脚碟，以备把杂拌儿中的糖豆子、大扁杏仁等等轻巧地放在碟上，好像是为给他自己上供。一边摆弄，一边吃；往往小纸碟还没都糊好，杂拌儿已经不见了；尽管是这样，他也得到一种快感。杂拌儿吃完，他就设计糊灯笼，好在灯节悬挂起来。糊完春灯，他便动手糊风筝。"你看，就是连玩儿都没有长性。

第二次登场还这样。老舍是这么写的："他要看书，便赶紧拿起一本《五虎平西》——他的书库里只有一套《五虎平西》，一部《三国志演义》，四五册小唱本儿，和他幼年读过的一本《六言杂字》。"这句话是有用的，是指大姐夫从来也没正经读过书。就算闲书，他也看不下去——"刚拿起《五虎平西》，他想起应当放鸽子，于是顺手儿把《五虎平西》放在窗台上，放起鸽子来。赶到放完鸽子，他到处找《五虎平西》，急得又嚷嚷又跺脚。及至一看它原来就在窗台上，便不去管它，而哼哼唧唧

《离婚》：
学会写一个人

地往外走，到街上去看出殡的。他很珍视这种想干什么就干什么的'自由'。他以为这种自由是祖宗所赐……"

读起来可笑吧？其实是可怕，因为他可是朝廷官员，是承担着家庭责任的一家之主！他过日子也没有规划，挥霍浪费，到处欠账，凡是能赊的东西都赊，还说："钱粮下来就还钱，一点不丢人！"

前两次登场，说明这人天天都是这么过，这就是他在故事线之外的日常状态。读者再看到他，就明白这又是在哪里玩儿累了，钻出来了。

他再一次登场，是在春节过完，老舍满月的这一天。这一次写得更精彩，也更好玩儿，还是先从外貌写起："他的脸瘦了一些，因为从初一到十九，他忙得几乎没法儿形容。他逛遍所有的庙会……他来贺喜，主要他是为向一切人等汇报游玩的心得，传播知识。他跟我母亲、二姐讲说，她们都搭不上茬儿。所以，他只好过来启发我：小弟弟，快快地长大，我带你玩去！咱们旗人，别的不行，要讲吃喝玩乐，你记住吧，天下第一！"

124

我们看看，他糊涂到了什么程度。"咱们旗人吃喝玩乐天下第一"这话，按他们的老理，等于是侮辱自己的祖宗，后面还有更糊涂的话。老舍的父亲，也就是他的岳父，知道他家早就入不敷出了，奇怪他的开销从哪里来。没等问，他自己就说出来了，他把房契押了出去，所以过了个肥年。老舍父亲听了皱眉，他还是那套话："您放心，没错儿，押出去房契，可不就是卖房！俸银一下来，就把它拿回来！"他看出来话不投机，而且发现没有吃一顿酒席的希望，就三晃两晃不见了。最后这个"三晃两晃"，又和他的外形特征高度吻合。

我们别光注意老舍写得多热闹、多好玩儿，他对大姐夫的几次描写非常精准，枪枪十环，真不愧是写了一辈子小说的顶尖高手。人物的每个行动、每句话，都在预定的人设里，而且还在不断地增强人物的戏剧性。我们还能感觉出来，这个人物就算不出场的时候，也在幕后活动。到他登场时，不是像一颗棋子被摆在那里，而是自己晃出来的。经过这几个照面，读者就再也忘不掉他了。这就是老舍随手创造出来的一个不朽人物。

最后给你个建议，写人也可以一步步来，分解成外貌气质、性格和经历、语言行为，一步步来。

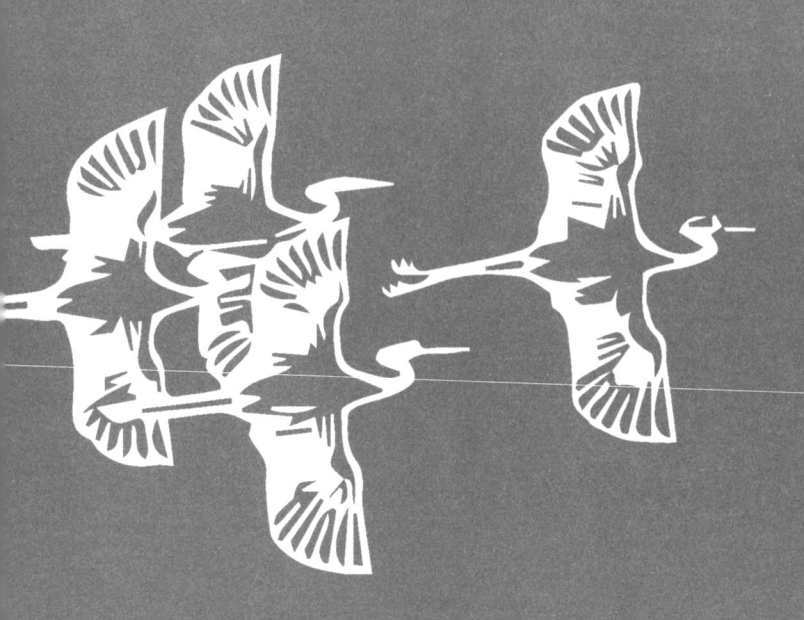

《买彩票》：学会幽默的艺术

老舍给人们的印象是始终在笑，也最会开玩笑。1939年，他去慰问抗战前线部队，走了将近两万里，一路上既危险又疲劳，汽车总是出故障。他就把那首"一去二三里，烟村四五家"的诗改了改，送给了司机师傅，是这么写的："一去二三里，抛锚四五回。下车六七次，八九十人推。"

老舍的标签就是"幽默大师"。可怎样才算"幽默"呢？这就不太好解释了。"幽默"是翻译过来的名词，含义挺复杂。当不容易说清一个东西是什么的时候，我们可以反过来，用排除法，先说它不是什么。

《买彩票》：
学会幽默的艺术

幽默与滑稽的区别

你可能会说，幽默不就是逗笑吗？幽默让人笑，可让人笑的不都是幽默，还可能是滑稽。滑稽的目标很单纯，就是使用一切手段来逗笑对方。比如，小丑走到你面前来，故意摔个跟头，扮鬼脸搞怪，这就叫滑稽，但它不叫幽默。有人说，你看滑稽表演时笑，不是表演的人有幽默感，而是你有幽默感。

幽默的文字肯定不是老老实实的，它会用各种技巧让人笑。但滑稽的语言，只是其中初级的、肤浅的玩笑，比如"谐音梗"这种文字游戏。滑稽的语言技巧，老舍也不是不用，只是用起来会多一层深意。

在《正红旗下》里，他描写自己的"洗三仪式"，有这么个程序："她拾起一根大葱，打了我三下，口中念念有词：'一打聪明，二打伶俐！'这到后来也应验了，我有时候的确和大葱一样聪明。"要是只说某个人聪明得像大葱，这属于谐音梗的滑稽，就是利用相同的发音开玩笑。老舍这时是60多岁的著名文学家，是在说他自己，这就多了一层自嘲。我后面会说到，会自嘲是幽默的重要特点之一。

还比如，他有一篇小说，写到一个可怜的小媳妇："小王娶了媳妇，比他小着十岁，长得像搁陈了的窝窝头，一脑袋黄毛，永远不乐，一挨揍就哭，还是不短挨揍。"形容一个面黄肌瘦、愁眉苦脸的人像个窝窝头，好像挺滑稽，但这句话里面是有同情和愤怒的。小说里接着说："我就常思索，凭什么好好的一个姑娘，养成像窝窝头呢？从小儿不得吃，不得喝，还能油光水滑的吗？是，不错，可是凭什么呢？"后来，这个小媳妇因为忍受不了丈夫毒打，自杀了。

老舍把自己这个苦孩子比喻成大葱，把贫穷的小媳妇比喻成窝头，都有比开玩笑更深刻的含义，让读者在笑的背后看到辛酸，看到眼泪，这样的深度，滑稽是没有的。

《买彩票》：
学会幽默的艺术

幽默与讽刺的区别

　　幽默也不是讽刺。和幽默比起来，滑稽太肤浅，而讽刺则太尖刻。讽刺也会让人笑，但它的温度比幽默要冷，手段也比幽默要尖锐。老舍说，讽刺不让人痛快地笑，而是让人在淡淡一笑之后，因为反省而面红过耳。讽刺家不会让读者同情他们所描写的人或事。

　　在《四世同堂》里，汉奸蓝东阳想追求大赤包的女儿，但是又非常吝啬，狠了狠心，才买了半斤花生米。后来，他和大赤包闹翻了，大赤包责备他忘恩负义，想来想去，骂出来的是："你掰开手指头算算，吃过我多少顿饭，喝过我多少酒、咖啡？说句不好听的话，我要把那些东西喂了狗，它见着我都得摇摇尾巴！"大赤包本来想找出些冠冕堂皇的大道理来指责蓝东阳，但是一张口，能想出来的只有吃喝。蓝东阳自诩为诗人，觉得自己很有思想，但他张嘴结舌半天，说出来的是："我，我还给你们买过东西呢！"指的就是那半斤花生米。为此，蓝东阳还写了首诗，是："死去吧，你！白吃了我的花生米，狗养的！"这就是辛辣的讽刺，因为这两个人是最低劣的人，只配收到蔑视的笑声。

但老舍除了这种极端情况，绝大多数时候，都不用彻底的讽刺。他说，幽默和讽刺的区别在于心态。讽刺的人心是冷的，他能敏锐地看到别人的缺陷，尖刻地指出来。幽默的人是热心肠，他怎么笑别人，也怎么笑自己。这就是自嘲的意义，你可以留意一下。有的人爱开别人的玩笑，他有一句口头禅，当他的话太难听，让对方不高兴时，他会满不在乎地说："你怎么开不起玩笑？"但他又受不了别人开自己的玩笑，更别说自嘲了。这样的人不止不幽默，而且心理也有问题。

幽默是什么？

幽默不是浅显的滑稽和尖锐的讽刺，那我们来说说幽默是什么。老舍说，幽默首先是一种人生态度。这种态度是：对人对事宽容，愿意发现生活中好笑的一面。幽默的人富于同情心，承认所有的人都有优点和短处，

《买彩票》：学会幽默的艺术

既发现别人短处的可笑，也努力寻找别人的可爱。这样的人和颜悦色，总显得心宽气朗。

老舍有一篇短文叫《买彩票》，写的是全村人凑钱买彩票，语言很幽默，既笑话了不靠谱的发财梦，又不显得尖刻。这种彩票奖金五十万，每张十元，全村人的概念是：五十个人每人出两角钱，两角钱弄一万！于是"举村若狂，连狗都听熟了'五十万'，凡是说'五十万'的，哪怕是生人，也立刻摇尾巴"。彩票买来，交给谁保管呢？"我们村里的合作事业有个特点，谁也不信任谁。经过三天三夜的讨论，还是交给了三姥姥，年高虽不见得必有德，可是到底手脚不利落，不至私自逃跑。"直到开彩那天，大家谁也没睡好觉。天天算卦，"打了坏卦，不算，另打；于是打的都是好卦，财是发准了"。开奖结果是没中。于是大家"替得奖的人们想着怎么花用的方法，未免有些羡妒，所以想着想着便想到得奖人的乐极生悲，也许被钱烧死；自己没得也好"。人们又向发起集资的人，也就是短文里的"我"和二姐来索赔，"二姐这两天生病，她就是有这个本事，心里一想就会生病。剩下我自己打发大家的二角。打发完了，二姐的病也好了"。这种事啊，今天的亲戚朋友之间，还在上演呢。

那么，幽默的人一定是乐观主义者吧？这可不一定，起码老舍就不是。这又要从他的童年说起，他说：我的脾气是与家境有联系的，穷，使我愤世嫉俗；刚强，使我容易以个人的感情与主张去判断别人；义气，使我对别人有点同情心。有了这点分析，就很容易明白为什么我要笑骂，而又不赶尽杀绝。我爱独自沉思，每每引起悲观，我是个悲观者，我不喜欢跟着大家走。我只好冷笑，赶到岁数大了些，我觉得冷笑也未必对，这个，可以说是我的幽默态度的形成。

这符合心理学的研究结论：幽默的人大多是悲观主义者，他们幽默，正是因为领悟到了人生根本的矛盾，选择幽默的方式排遣挫折感。他们郑重地思考这些问题，但不想死板地讨论这些问题。对事情的结果，他们不看好，但还是努力在其中寻找好笑的地方，毕竟，这能让自己和别人都好过一些嘛。

所以，就算是在疲惫、愤怒甚至悲伤时，老舍也不

《买彩票》：学会幽默的艺术

忘记开玩笑。比如说，抗战到了最危急的时刻，日军有可能攻陷重庆，有人问老舍该怎么办，老舍回答说："不用再跑了，坐等为妙，嘉陵江又近又没盖儿！"老舍固然是一直在笑的，但他的眼神是忧郁、深沉的，他的笑话后面，往往闪着泪光。

从刚才讲过的这些，我们可以总结出几条幽默的守则，学会正确地开玩笑：第一，幽默不是挖苦人，要温和、善良；第二，幽默不要太肤浅，别让自己成了小丑，最好能让别人在回忆起你的话时，能会心地微笑；第三，与其嘲笑别人，不如先自嘲；第四，我得强调一下，不要讥笑弱者，尤其是别人的生理缺陷，那通常被看作病态。

有幽默感当然好，没有也用不着强求。幽默不幽默，是性格问题，而性格的形成，又有很多先天因素。幽默感不强的人，往往具备另外一类天赋，比如思维严谨，对抽象概念理解能力很强。这样的人如果非要勉强自己说冷笑话去逗别人笑，反倒显得尴尬、不自信了。

说起来，相对于幽默感，乐观的人生态度是更重要的。

童年老舍⋯
作家为什么都爱写童年？

接下来，咱们要用三讲来解读老舍的童年和青少年时代。为什么呢？因为认识作品的一个好方法是先认识作者。当你知道他经历过什么以后，你会更容易理解他为什么写这些，为什么要这么写，就能够读懂文字背后的意思了。

下面，咱们就从老舍的出生和童年讲起。老舍是满族人，姓舒。老舍生于1899年2月3日，这是清末光绪年间。这一天正好在立春前后，所以他的本名就叫"庆春"，也就是庆祝立春——舒庆春这个名字你得记住，语文考试常有这道填空题。后来呢，老舍就把"舒"字拆开，自称舍予。老舍这个笔名，是从青年时期就开始用的。舍是多音字，他取名的本意是用"舍"来代表牺牲和奉献，所以我们要读第三声"shě"。

老舍的最后一部长篇小说叫《正红旗下》，就是从他自己出生的时候写起的。下面，我们就把这部小说和老舍的真实经历放到一起来讲。

老舍真实的家庭背景

老舍的家住在北京老城西北部一个叫"小羊圈"的胡同里。他上面有七个哥哥和姐姐，母亲生他这一年，已经 41 岁了，刚生下他来，就陷入了昏迷。家里人都手忙脚乱地去抢救老舍的母亲，居然把还光着身子的老舍给忘在了一边儿。要不是他已经出嫁的大姐这时候赶回来，把他揣在怀里，他很可能就被冻死了。

老舍出生的时候，父亲并不在家。他父亲是保卫北京城的一个旗兵。在清朝，所有的满族人都会被编入八旗，也就是八支军队，每支军队有一面标志性的旗帜，满族人因此被称为"旗人"。老舍家祖辈归属的这一支，标志就是正红旗。后来，八旗军队不断扩充，又增加了蒙古八旗和汉族士兵的汉军八旗。八旗也不只是军事单位，还是清朝的一套社会制度。八旗子弟是世代相传的

童年老舍：
作家为什么都爱写童年？

籍贯，不能做工或者种田，只能按名额去当兵。

所以，在老舍出生的这一天呢，他的父亲还在军队里值班当差。父亲的薪水非常低，很难养活一大家子人，所以，他们家是个很贫苦的下层旗人家庭。老舍说："那些年多亏母亲竭力操持，我们家才没有沦为乞丐。"

敬畏神仙的母亲

可就算这么贫穷，老舍家也认真地遵守和执行各种民俗和礼仪。小说里写到的第一种民俗就是祭灶。老舍出生的这一天，是农历腊月二十三，在北方民俗里称为小年，在老北京，这是特别受重视的节日。从这天开始，北京人就进入过年的筹备状态了。那时候差不多家家都供奉灶王爷，传说他是玉皇大帝派到人间来管理每家每户的神仙。灶王爷画像，你现在看不到了，但有一种专门的祭灶供品叫"灶糖"，你可能吃过。祭灶的意思，就是人们给灶王爷送行，让他上天去报告。所以老舍说，这一天是"灶王爷上了天,我却落了地"。老舍的母亲因为买不起祭品,总担心委屈了灶王爷,想要向他解释是自己家实在太穷,连香都买不起。而老舍大姐的婆婆呢,就一点儿都不在乎灶王爷,摆上灶糖之后,瞪着眼对灶王爷画像下命令:"吃了我的糖,到天上多说几句好话,别不三不四地顺口开河,瞎扯!"

这么写,可不是图好玩儿,而是为了表现人物性格。老舍的母亲没有受过学校教育,很虔诚地相信人受这些神灵监督,不管生活多贫苦,也不敢做违背道德的事,一辈子都在为别人着想。你看,她不是担心神仙惩罚自己,而是为神仙在自己家受委屈难过。所以她不管为别人做什么都尽心尽力,把自己的家里和孩子们,也收拾得干干净净,不能让人瞧不起。这就是既关心别人又自尊心很强。

大姐的婆婆专横霸道,眼里连神仙都没有,当然就更没有别人了。那么,这种傲慢的人自尊就强吗?不一定。她家为了吃喝玩乐到处欠账,就这,她还好意思气势汹汹地和债主吵架呢。她的孩子,也就是老舍的大姐夫,做派也和她一样,没有正事干——我们刚才说了,

**童年老舍：
作家为什么都爱写童年？**

旗人也不能做别的工作——于是就成天游手好闲，斗蛐蛐、玩鸽子。当年，这都不是普通爱好，是既耗费精力又费钱的。老舍大姐夫的那一大群鸽子，每只的耗费都够老舍家生活半个月的，所以大姐夫经常自夸，说自己是"满天飞元宝"，还经常为了争夺一只鸽子和别人打架。

贫穷旗人的生活状态

相比之下，老舍家这样的贫穷旗人的生活状态是什么样的呢？他用另一个仪式写出来了。这是老舍经历的第一个人生仪式，叫"洗三"，也就是婴儿出生的第三天，要举行一个洗澡仪式，亲友们来道贺。对他家来说，操办这个仪式挺困难，再说父亲也不在家。于是他舅舅家的表哥福海出面，给老舍张罗了寒酸的洗三仪式：酒菜很简陋，酒里兑了很多水，饭菜根本就不够吃。但亲友们就座时还是让来让去，先按照身份、辈分排，再按年纪排。这件事看起来很琐碎，是吧？但老舍写它也有深意。八旗制度规定：旗人必须住在固定区域，不能任意外出。大家世世代代生活在固定的圈子里，一件小事也会被人议论很久，所以面子就非常重要。

旗人过着这样穷讲究的、既细致又有点儿糊涂的生活，时代的大背景是什么样呢？老舍出生时，中国的局势非常动荡，清政府已经快灭亡了。在他出生的第二年，八国联军就侵占了北京，他的父亲也战死在了北京保卫战里。

父亲死后，他家的生活比以前更苦了，全靠母亲给人缝洗衣服维持，家里根本没钱送老舍去读书。他家有个老邻居，老舍叫他"刘大叔"，是北京城有名的财主。这个财主邻居有一天来他家串门，听说老舍还没上学，立刻对老舍的母亲说："明天早上我来，带他上学，学钱书籍，大姐你都不必管！"对于这件事情，老舍写道："第二天，我像一条不体面的小狗似的，随着这位阔人去入学。"

这就是老舍的童年：生活于20世纪初中国最动荡的年代，从小失去父亲，家庭贫苦，"刚一懂事，就知道愁吃愁喝"，很早就体验到了人世的艰辛。

童年老舍：
作家为什么都爱写童年？

情感体验的真实是文学作品特有的真实

关于自己的童年，老舍写过很多篇回忆文章，还在晚年专门写了小说《正红旗下》，为什么呢？这是人的心理规律：一个作家反复写童年，其实是表达自己对于世界的根本感知。他的风格、情感、语言，和童年经历关系特别大。

童年，对未来的人生来说是极其重要的。我们对在儿童时期听到、看到、接收到的各种信息，大部分都不能完全理解，甚至在将来也不一定能回忆起来。但这些信息却都会被储存在大脑里，我们再遇到什么事情时，大脑就会自动地把童年信息找出来，和现在的情况做比较，直接指挥你的行动，哪怕那些记忆你自己都回想不起来了。比如说，人的暴力行为，往往就是因为在儿童时期目睹了很多暴力场面。

再比如，老舍很善于刻画人物，却总是下意识地回避描写父子关系。为什么呢？因为他从小就没见过父亲，这是他的情感空缺。他很讲究礼节，自尊自律，这又和旗人的生活习惯、母亲对他的童年影响有关。

我们说一部小说"真实"，不是指新闻报道的那种真实。在小说里，老舍肯定会有细节的加工，比如，写人的时候，会把几个人的特征放到一个人身上，把几件事儿同时放到一个场景里，来增加冲突的戏剧性。毕竟，出生才三天的事，他也不可能知道，但他的情感和经验绝对是真实的。而这种情感体验的真实，是文学作品特有的真实。

关于老舍的童年，我先为你介绍到这儿。下一讲，我们来说老舍的少年时光和他的另一部小说——《牛天赐传》。

少年老舍：一个人的成长跟什么有关？

上一讲说到，老舍在邻居刘大叔的资助下，终于上小学了。

老舍刻苦学习，终于成才

老舍一开始读的是私塾，学的是《三字经》《百家姓》，后来转学去了当时刚刚出现的新式小学，课程就和现在的学校比较像了。按老舍的自述，他学理科有点儿吃力，更偏向文科。除了读书，老舍也和小伙伴们四处去玩耍，逛茶馆、看戏、听评书。老舍说，他不管什么时候写北京，提起笔，这座城市就在他眼前，他要写的那些人就装在他的心里。

老舍在13岁时考上了中学，这一年是1912年，辛

少年老舍：
一个人的成长跟什么有关？

亥革命推翻了清政府的统治，建立了中华民国。这时候，原来非常富有的刘大叔，也变得很穷了，没法再资助他。因为交不起学费，老舍在家休学了一段时间。亲戚们就劝他去学手艺，也好减轻一点儿母亲的负担。

那个年代，大多数人都不认字，有小学文化已经很了不起了。可是老舍还想继续读书，就偷偷报考了师范学校，因为师范学校不收学杂费，还免费供应校服和食宿。读师范学校要交10元的保证金，那时候的10元够老舍家生活一两个月的了。老舍的母亲花了很长时间才想办法凑齐了这笔钱。

有了这种压力，老舍在师范学校学习的四年，是非常刻苦的。他的语文成绩尤其突出，连校长都亲自教他写古诗词。老舍19岁毕业，第二年就被任命为小学校长了。为什么这么年轻就能当校长呢？他的成绩好只是一个原因，主要是当时的好多学校还是只教《三字经》的私塾，太缺少懂新式教育的人了。老舍接到任命的这天，和母亲激动得一夜没合眼，他说："以后，您可以歇一歇了！"这话的意思是"儿子能挣钱养活您了"。母亲没有回答，只是一个劲儿地掉眼泪。

《牛天赐传》

因为当过小学校长和大学老师，老舍对儿童和青少年教育是相当了解的。他有了自己的孩子以后，又对幼儿的成长有了认识。后来，他写了一部名叫《牛天赐传》的小说，专门讨论人的成长问题。下面，我就为你介绍一下这部小说。

这部小说是这么开始的：有一年秋天，卖花生的小贩在牛老先生家大门洞外面，捡到一个被人丢弃的男婴，就把他送进了牛家。牛老先生是个生意人，性格宽厚和善。牛老太太脾气和派头都非常大，经常欺负牛老先生。他们夫妇俩都50多岁了，一直没孩子，很高兴能白捡到这么个儿子，就给他取名叫牛天赐，也就是老天赏赐的意思。牛老太太希望拿着牛老先生的钱，按自己的理想教养一个体面的儿子。她认为的体面，就是让牛天赐将来当官。

少年老舍：
一个人的成长跟什么有关？

牛老太太有很多奇怪的教育方法。天赐刚一个月，手脚就被捆了起来。牛老太太觉得这能预防罗圈腿，结果天赐长大以后，两个膝盖往里拧，一跑步，脚尖就互相踩。天赐一哭，牛老太太就认为他是生病了，往他嘴里灌各种各样的苦药水。牛老太太还经常给天赐剃眉毛，因为她觉得这样眉毛会越长越浓。当然，这些并没有科学依据。

天赐一直缺少朋友，在家里，只有一个叫四虎子的用人和他玩儿。四虎子20来岁，教会了天赐淘气，也让他有了男孩子的样子。牛老先生有时带他去乡下，那里有群孩子带他捉蜻蜓、钓蛤蟆、挖蟋蟀，这才是他喜欢的生活。

到了上学的年纪，牛老太太主张请家庭教师，教的就是私塾《三字经》那一套。牛老先生找的第一个老师姓王，对天赐很好，给他讲了好多好玩儿的事儿。但牛老太太嫌王老师不打天赐，觉得不动手打孩子的老师不是好老师，所以又换了个姓米的老师。米老师有名，什么样的孩子交给他，他都能给打闷过去。他要动手打天赐的时候，牛老先生和四虎子不干了，和他吵了一架。最后，牛老先生和牛老太太又决定把天赐送到新式小学。

天赐上的是城里学费最贵的小学。他在家一个人玩儿惯了，和那里的孩子玩儿不到一块儿。但他会编故事、讲故事，也聚集起了几个朋友，他还想学着牛老太太的样子管他们。在学习上，天赐是瞎混。学校的教员经常换，而且当着学生面互相说坏话，总之是大家都彼此糊弄。在高年级的时候，天赐交了一帮坏朋友，还学武侠小说，和他们结拜了把兄弟，可是没过几天又闹翻了。

老舍在民国教育界工作了十多年，把自己发现的很多问题，都放进了小说里。天赐读的这所学校就乌烟瘴气的，为了争权夺利，教员们鼓动学生一起闹事，抵制新来的主任。爱幻想的天赐把这当成了游戏，跟着一起胡闹，为了让大家注意他，还瞎编说看见了背着单刀的刺客。结果，等事情平息下来，他第一个就被开除了。牛老太太为此气得生了一场病，不久后去世了。

天赐又找到一位姓赵的老师，赵老师教他凭兴趣去读小说、写作文，这开启了天赐对文学的兴趣。在天赐

少年老舍：
一个人的成长跟什么有关？

19岁那年，牛老先生去世了。牛家的亲戚们因为天赐是抱养的孩子，一直就歧视他，为了争夺财产，说他没有继承权，把他赶了出来。这时候，当年第一个教过他的那个王老师来了。牛老先生曾经借给王老师一笔钱，如今他发达了，要出钱送天赐去北京读大学。在天赐的计划里，上了大学就能当官，这也是他养父母的愿望。

老舍想探讨什么？

小说在这里结束了。像这样把一个人从婴儿写到成年的小说，叫"成长小说"，也叫"教育小说"。它起源于17~18世纪欧洲的启蒙运动。启蒙运动宣扬：人的精神世界不是先天规定的，而是在后天的学习中，由自己的理性选择来完成的。我们现在觉得这是常识，但在那个时候，这是人类认知的一场革命。

在《牛天赐传》里，老舍想讨论的问题是：一个人的成长和发展，到底是什么原因造成的？所以要从牛天赐出生写起，详细描述他的生活环境、受教育情况，这些都影响到他成为什么样的人。牛天赐少年时代的荒废，原因不是天资不好，而是生活环境里有很多乌烟瘴气的东西，让他越来越麻木。天赐身边最可贵的，是那些像单纯耿直的四虎子一样的朋友，因为和他们交往，天赐才没有丧失善良慷慨的天性。

除环境外，还有一个因素是选择。牛天赐缺少主动选择，才显得漫无目的、迷迷糊糊的。如果没有后来的逆境推着他走，他可能就会堕落下去。至于成年以后会是什么样，还要看他自己怎么选。

老舍在少年的时候选择报考师范学校，不是因为想当官，而是他想做一个有知识、明事理的人。这个选择，使他后来成了文学家。

不过，老舍也不是总能选对方向。他在青年时代就走过一段弯路，我们下一讲再说。

青年老舍：遇到人生难关怎么办？

老舍走过的弯路

上一讲我们说到，老舍20岁就当上了小学校长，三年以后，又被提升为劝学员，这相当于是管北京一个区的教育局局长，工资也比以前高了三四倍。这样的好事，却让老舍经历了人生里的第一个难关。

每次领到工资，老舍先回家给母亲送一些。从家里出来，他觉得世界很空虚，为什么呢？他从小家庭贫困，学习一直很刻苦，现在既清闲，手里又多出来好像花不完的钱，不知道该干什么好了。他觉得，只有花钱才能买到快乐。因为爱看戏，他去学唱戏，唱得好坏不管，就为痛快痛快嗓子。他经常和朋友凑在一块儿喝酒，喝醉了回家，把钱包和兜里的东西都给了车夫，第二天早

青年老舍：
遇到人生难关怎么办？

上醒来，虽然有点儿后悔，但他还觉得自己挺豪放，有点儿像故事里的诗仙李白。另外，他还学会了打麻将牌。老舍后来回忆，在这些事情里，数打牌的害处最大。喝醉了一次之后，不会马上就再喝。但打牌是一坐下来就不知道站起来，经常一玩儿就一个通宵，越玩越吸烟，越输越冒火。

吸烟酗酒和成宿地打麻将牌，让他的身体越来越差，咳出来的痰里，有时候还带血。在老舍的母亲看来，他现在需要的就是结婚，于是她暗地里给他定了亲，这下老舍可急了。老舍有个特点，即使是生气发火，说话也很幽默。他反对家里给自己定亲时说："你们谁给我定亲，谁就替我养着。"话是这么说，他其实是又急又气，当时大病了一场，病好能下地的时候，头发都掉没了，头光得像个磁球，以后的半年，都不敢摘帽子。

老舍重新找到人生方向

这时候，老舍开始检讨自己了。他这一年是23岁，老北京有句俗话，叫"二十三，罗成关"，是形容青年人容易在这个年龄段遇到波折。老舍发现，这话真是有道理。二十出头的年纪，正是人刚刚进入社会的阶段，可以自己支配自己的时间，做一切成年人可以做的事情，但却不知道，每件事情背后，都有要付出的代价。正是又清闲收入又高的工作，诱惑他浪费生命去胡闹。于是老舍辞掉了劝学员的工作，找了一份繁忙、清贫的中学教师工作。这是一般人不理解的选择，那个社会最崇拜两样东西——当官和发财，在很多人看来，老舍放弃了这些，简直是个傻子。

但老舍回忆，从此以后他才变得真正快活起来。他又开始看书和学习，业余到大学学英语，每天接触的都是可爱的学生。他的人生重新变得充实，见到的东西都是使人积极向上的。生活繁忙也让他没有时间乱花钱，连和人喝酒的时间都没有，更别说打麻将了。从此以后，老舍养成了维持一辈子的好习惯：作息规律，每天

青年老舍：
遇到人生难关怎么办？

都要在固定的时间，完成固定的工作量。

老舍的留学经历

25周岁的时候，老舍收到了英国伦敦大学的邀请，请他去一个学院做中文讲师。就是在这段时间，他陆续写了三部长篇小说，写完就寄回国内发表。

这些小说里，有一部叫《二马》，"二马"是一对姓马的父子，他们从北京到英国来，经营一间小古玩店。小说里写的情节，很多都来自老舍的亲身经历。比如，小说里有个英国牧师，表面上是二马的朋友，其实骨子里看不起中国人。他们的房东母女，因为看了一些侮辱中国的电影小说，就觉得所有的中国人都抽鸦片、吃老鼠，也不知道鸦片就是英国的贩子卖到中国的。老舍在伦敦的经历也正是如此。

老舍认为，那时候的普通英国人，大多固执、高傲，有狭隘的种族意识，自以为英国是世界上最伟大的国家。

老舍的自尊心向来很强，看不上这些毛病。我们别忘了，他的父亲就是死于抵抗八国联军的战斗。

同时，老舍还有很清醒的一面，他非常认真地承认和总结了英国人身上了不起的、中国人需要学习的地方。比如，他们很自立，做事认真负责，讲信用，守纪律，该办什么就办什么，不因私交改变做事的态度。

在小说里，老马夜里醉倒在公园里，被房东女儿玛丽遇见了，玛丽就找来巡警和出租车，把老马救回了家里。小马一直很喜欢玛丽，以为玛丽对他们有好感。另一个来英国很多年的中国人告诉他：中国人见到别人有危险，是躲得越远越好，因为我们的教育是独善其身；英国人遇见别人遭难是要去救的，不管你是白种人还是黄种人，也不管平时他是不是看不起你。

老舍说，这部小说虽然是虚构的，但里面几乎所有事都是他在伦敦亲眼见到的，上面这件事，应该也不例外。他写这部小说，就是要比较中国人与英国人的不同。借小说中的人物，老舍表明了自己的观点：要是自己不争气，就别怨人家瞧不起。中国人要自己变强才行，要向英国人学习现代的知识和道德，开银行、开工厂，和

青年老舍：
遇到人生难关怎么办？

他们竞争才行。

老舍成为职业作家

老舍在英国待了5年，回国之前，还在新加坡当过一段时间的老师。他差不多是回国一上岸才知道：自己已经是国内非常有名气的小说家了。他写小说的时候，中国刚开始有白话文的小说，还从来没有人像他那样，既使用西方现代小说的技巧和风格，又使用轻松俏皮的北京话来写故事。那个时候的读书人，使用文言文比用白话熟练，很少有人能像他那样，把白话用得那么好，那么幽默。从那时起，一提幽默小说，一提北京，读者最先想到的就是老舍。

回国以后，老舍结了婚，在山东大学当过老师。你在七年级时会学到的一篇《济南的冬天》，就是他在这个时期写的散文。他的大女儿，就是因为出生在济南，才取名叫"舒济"。

在当大学老师的这几年里，老舍写长篇小说，也写散文和短篇小说，很多重要的代表作，都是这时候完成的。能写这么多，也是因为他养成了规律的生活习惯。

不过，跟老舍约稿的越来越多，让他应接不暇，到最后，他下了决心：不再教学了，开始做职业作家。老舍正式成为职业作家的第一部小说，就了不得，正是咱们最开始讲的大名鼎鼎的《骆驼祥子》。

好，我们用了三讲的篇幅，从老舍的出生，一直讲到他成为职业作家，达到了小说创作的第一个高峰。

关于老舍的少年时代，你需要记住三个关键点：满族旗人，北京，下层穷苦市民阶层。这三个点都有重要意义。我们结合《正红旗下》，讲到了清末满族旗人的特殊生活，这影响了老舍的性格和心理。北京文化和北京语言，是老舍创作的基础，而下层穷苦市民，一直是老舍的感情源泉，他后来成为文学大师、新中国的文化官员，但一辈子专写穷苦人和普通劳动者，感情立场从来没变过。

老舍还教给我们一个人生道理：少年都渴望长大成人、完全自立，可长大的那一天，也是个重要关口，意味着自我管理的开始。

老舍教我们的两件事

从第一讲开始，我们说到了老舍的文学地位，一起精读了他的几部代表作，谈了提高作文水平的一些方法……最后一讲，咱们来说说老舍教给我们最重要的两件事。

咦，重要的事不是应该先说吗？为什么最后才说呢？这是因为：你要是没看完前边的内容，就不太好理解这两件事。看了前面几讲，相信你和我一样，觉得老舍是个可敬可爱的人。他除了教我们阅读和写作，也有资格教我们关于人生的事。

热爱祖国和民族

第一件事，是怎样去热爱祖国。

老舍教我们的两件事

　　老舍是非常爱国的，他的民族意识很强，这在他的经历里能找到线索。从出生时起，他和八国联军就有家仇国恨，他又成长在中国最贫穷、最羸弱的时代，一直在体验着外国人的侵略和歧视。所以，当抗战爆发时，老舍比《四世同堂》里的祁家老三瑞全还要坚决，他离开了老母亲和妻子儿女，一个人去南方参加抗战。你别以为老舍是作家，去搞抗战宣传就安全，他也上过很多次前线战场，有好几次差点儿死于飞机轰炸。

　　我们从老舍的作品中能感觉到：老舍对祖国的爱是很具体的，是正向的、建设性的。在他的笔下，祖国从来不是一个抽象的概念，而是有着具体的内涵。老舍爱中国的历史，爱中国的语言和民族文化，爱河山，爱北京，爱自己出生的那条胡同。从他的景物描写里，我们还能看出来，他爱故乡的四季，爱一草一木，焦距可以拉得很近很近。

　　老舍所感知到的中国，其实就是中国的文化。文化的概念可比我们常说的文学艺术大多了，它可以说是人们所创造的一切事物，既包括物质的，也包括精神的。可以说，一个人认为自己是哪个国家的人，不完全因为他生在那里，还因为他接受了那个国家的文化。就算身处自然，他也会强烈地感受到这是祖国的河山，不能被外国染指。

在抗战时期，老舍写过一篇小说，告诉人们国家和个人，民族利益和具体的文化，到底是什么关系，应该怎么取舍。

老舍自己很爱国画，尤其喜欢齐白石的画，这篇小说也和国画有关。故事发生在抗战前的济南，主人公叫庄亦雅，是个读书人，痴迷于字画。生活并不宽裕的他，耗尽了家产收藏到一幅明代的国画精品。这时抗战爆发了，日本人占领了济南，汉奸来威胁他替日本人做事，当伪政府的教育局长。当汉奸以性命威胁他时，他不同意。但这伙人知道他爱画，就告诉他说，如果不屈服，不只是抓他坐牢，而且要先没收他的画。这一下，庄亦雅蒙了，最后，他对着那两只收藏字画的箱子，眼中含着泪，点了点头。

在小说里，当庄亦雅选择掉脑袋也不放弃画时，老

老舍教我们的两件事

舍还是很同情的。可是庄亦雅决定为了个人喜好损害国家利益时,老舍对他的评论是:"迷恋什么,就死在了什么上。"这个意思就很直白了:不管为了什么,只要丧失民族气节,就等于在道德上死了。在老舍看来,无论多舍不得家人,多痴迷于自己的爱好,国家至上的原则是绝对不能动的。

老舍在《四世同堂》里说,一个中国人"太平年月,他有花草,有诗歌,有茶酒;亡了国,他有牺牲与死亡"。这就是老舍对于如何爱国的示范,他在现实里也是这么做的。在和平年代,我们爱国,是爱她可爱的文化,爱她美好的生活和美丽的语言;爱家人,爱同胞,希望每个人都过上美好的生活。因为这种爱,我们才会在危急时刻不顾一切地去保护祖国,因为她是我们一切生活的集合,是中国文化的载体。

抗战胜利以后,老舍到美国去讲学、写作了四年。1949年10月,新中国成立,他立刻启程回国,参与建设理想中的新时代。

爱自己选择的事情

老舍教给我们的第二件事，是爱自己选择的事情。

在维护国家利益的同时，每个人要为自己负责，过好自己的人生。人生其实就是一连串的选择。就像前面讲到的那个故事说的，在一个重要的关口面前，选择爱画还是爱国，造成了两种不同的人生道路。

老舍对于自己的人生选择，也坚定到了热爱的程度。他自打闯过了23岁无所事事的"罗成关"，就再也没有浪费过自己的时间，他选择了以写作作为自己的事业，就全力以赴地去做。老舍从来不自称"作家"，而是自称"写家"，就是要坐在家里不停地写。

《老舍全集》有八九百万字，要是跟武侠、玄幻小说家的比，可能也不显得太多。但老舍的文章虽然读起来简明流畅，其实是改了又改的。他说过，自己坐在那里写大半天，最后能确定一两千字的稿子就很满足了。抗战时期，老舍的职务相当于今天的全国作协主席，新中国成立后他担任过北京文联主席。但不管处于什么时代，他仍然保持着每天必须写半天的工作量，被称为作家中

老舍教我们的两件事

的"劳动模范"。所以你算一算，完成这样的工作量，他需要连续工作几十年才行。

说起来，这些事情，没有人逼他去做，都是他自己认定应该完成的。能做成大事业的人，一定都有这种意志力。具体选择什么事业不重要，你的学习过程，其实也正是寻找自己擅长的学科、热爱的行业的过程。老舍在年轻的时候说："希望有那么一天，大家都晓得工作的快乐，而越忙越高兴。"为什么越忙越高兴？因为这是自己选定的，是自己热爱的。

少年时代的意义之一，就是可以多尝试不同的事物，从中间选择自己最喜爱的事情，把它作为一个长久的爱好，甚至是一个终身事业，然后就像老舍一样全力以赴地去做。我刚才说过，这个选择就代表了你人生的意义，也代表了你到底是谁。

老舍的人生结局

说到这儿呢，咱们得说一说老舍的人生结局。老舍去世于1966年，那一年"文化大革命"刚开始，很多人都受到了冲击，其中也有老舍。因为不堪忍受迫害和屈辱，67岁的老舍离家出走，在太平湖投水自尽了。这个太平湖，离老舍出生的小羊圈胡同很近，而且就在他后来为自己母亲买的房子对面。这个地方算是老舍的真实故乡，也是精神故乡。所以，他把结束生命的地方，也选在了这里。

他的去世可以说是一个时代的悲剧，也是中国文学的沉痛损失。

尽管老舍的人生中有许多的遗憾，但他的作品却一直是中国当代文学中最美丽的收获。他还用自己的人生教给我们：要热爱国家和民族，要珍视自己选择的事业。这两条，会让你的人生更有意义。

希望你看完这本书之后，带着对老舍更多的了解，开启对他作品的阅读之旅。

图书在版编目（CIP）数据

读透老舍有方法 / 贾行家著. — 成都：天地出版社, 2023.5
ISBN 978-7-5455-7632-0

Ⅰ.①读… Ⅱ.①贾… Ⅲ.①老舍（1899-1966）—文学欣赏—青少年读物 Ⅳ.①I206.6-49

中国国家版本馆CIP数据核字（2023）第034116号

DUTOU LAOSHE YOU FANGFA

读透老舍有方法

出 品 人	杨 政
总 策 划	陈 德
策划编辑	李婷婷　王加蕊
责任编辑	刘 璐
美术设计	刘黎炜
内文排版	书情文化
营销编辑	陈 忠　魏 武
责任校对	卢 霞
责任印制	刘 元　葛红梅

出版发行	天地出版社
	（成都市锦江区三色路238号　邮政编码：610023）
	（北京市方庄芳群园3区3号　邮政编码：100078）
网　　址	http://www.tiandiph.com
电子邮箱	tianditg@163.com
经　　销	新华文轩出版传媒股份有限公司
印　　刷	北京中科印刷有限公司
版　　次	2023年5月第1版
印　　次	2023年5月第1次印刷
开　　本	889mm×1194mm 1/16
印　　张	10.75
字　　数	150千字
定　　价	40.00元
书　　号	ISBN 978-7-5455-7632-0

版权所有◆违者必究

咨询电话：（028）86361282（总编室）
购书热线：（010）67693207（营销中心）

本版图书凡印刷、装订错误，可及时向我社营销中心调换。

N